一江春水

唐晴 著

天津出版传媒集团

百花文艺出版社

图书在版编目（ＣＩＰ）数据

一江春水 / 唐晴著 . -- 天津：百花文艺出版社，
2024.1

ISBN 978-7-5306-8690-4

Ⅰ . ①一… Ⅱ . ①唐… Ⅲ . ①诗集－中国－当代
Ⅳ . ① I227

中国国家版本馆 CIP 数据核字 (2024) 第 006188 号

一江春水
YI JIANG CHUN SHUI
唐　晴　著

出 版 人：薛印胜
责任编辑：赵世鑫
装帧设计：鸿儒文轩·末末美书
出版发行：百花文艺出版社
地址：天津市和平区西康路 35 号　　邮编：300051
电话传真：+86-22-23332651（发行部）
　　　　　　+86-22-23332656（总编室）
　　　　　　+86-22-23332478（邮购部）
网址：http://www.baihuawenyi.com
印刷：三河市华东印刷有限公司
开本：880 毫米×1230 毫米　1/32
字数：172 千字
印张：8.75
版次：2024 年 1 月第 1 版
印次：2024 年 1 月第 1 次印刷
定价：58.00 元

代序：品味人间与花开

认识唐晴与读她的诗歌，几乎是同时，中间没有多少时差。

那时她年轻靓丽，长发飘飘，一袭红裙，令人惊艳，她是知识充沛的历史老师。一直到现在我还能想起二十二年前她在《十月》上发表的《六盘山巅》："漫卷过战旗的西风 / 舞我长发 / 舞我灵魂 / 舞我如高翔之鹰 / 舞我于千年的风云 // 遍布群山的草木 / 一种葳蕤的思想 / 是风的翅膀 / 喧响生命。"诗歌表达，干脆利索，情绪饱满，宣泄里有着飞扬，飞扬中有着收拢，这是年轻诗人的情绪，也是生命张力的呈现。在我的记忆里，仿佛这首诗是她的第一首诗。

唐晴的诗歌起步和发表，这两个时间点基本是一致的，因此很多时候我觉得她的诗歌带有成熟诗人作品的特点。句子老到，诗意成熟，不羞涩，不做作，几乎不用做更多的修改。当然，这也和我读诗的习惯有关，很多诗人的作品，我在阅读的时候，会按照我的理解重新修订。如果一首诗，我不能够修改，或者添加上我以为合适的词汇的时候，那么这首诗基本已经成形。这是唐晴早期的诗歌给我的印象，所以在她的第一本诗集《嘿，我还活着》，我写下了这样的文字：

她是一位并不现代的女士，她是一位坚守在命运的地头的行者，她喜欢风云的际会，喜欢"青铜的霹雳长剑"，在寻找的主题中，她陷入了对自我的怀疑。

这就是唐晴。同当代女性的写作相比，她更有一些切肤之痛，她的感受超越了个人。

她的诗歌里有着桀骜的意象，有着反叛的孤立、决绝，有着女性特有的温情。她喜欢花朵，却又害怕时间的流逝，使得枯萎的季节提前到来。她热爱生命，所以纵然是粉身碎骨，也要"在黑暗的深处寻找"。

她为生命的意义完成诗歌。

她为诗歌的理想完成生命的体验。

她在西部，在宁夏，在固原，在创作着诗歌，她的诗歌不可避免地带上了西部的情怀，她走在西部许多女诗人的前列。而西部的风景之中，谁可以不去承担生命的重压，就可以认为自己完成了智慧的解题。

她的寂寞，不是只用来独坐。

她在穿透，聆听心跳。

这段评论，发表在 2001 年的《诗潮》，虽然过去了很多年，现在看来，当时我对诗人的定位依然非常准确。

白驹过隙，岁月不居。我们虽然有过诗歌的交流，但还没有来得及形成更深刻的理解，我们就先后离开了原来的城市，去往更远的地方谋生。虽然工作换了，生活场景不同，但留在记忆里的诗歌总是容易将彼此的心拉近。

后面这二十多年，我也读过她的许多新诗歌，但是最初的感受依然在心中蔓延，不能割舍。我知道，读诗歌需要的心境、需要的感觉、对生命意义的认识等都是读者在自己内心中构建起来的模样，而这样的诗歌正是我的期冀，我喜欢的诗歌是独属于诗人的感受，且不被重合，并拥有特立独行的表达。

当飞扬的青春逝去，人生的经历开始复杂，唐晴的诗歌逐渐褪去青春的外衣，呈现出对生命经历的深刻思考。如果选择一些关键词来表达我对唐晴现在的诗歌的感受，大约应该是生长、寂静、芳华、远眺、近看、记忆、回归、眺望、孤独、沉睡、唤醒、盛开、沧桑、滋味、细节等这些带有提炼意义的词汇，而不是意象的呈现。这些词汇呈现的境界在她的诗歌里逐一表达，变形，扩散到与之相联系的诗境之中。那么我们就要在独属于唐晴的诗境中去探索她的诗歌的价值。

唐晴的《浅唱低吟抑或独语》就呈现了这样的特质。诗歌的情绪有了更多的外化，但在内涵意义上，拥有更深刻解读的质感。

丰富内涵沉浸于生活的意绪。我认为诗歌不能仅仅停留在对物象的陈列，必须将这些物象与诗人所要表达的情感思想匹配起来，并形成相应的情感厚度，易于咀嚼涵泳，将其中的滋味生发出来。例如《龙爪菊》一诗采用托物喻人的手法，准确寻找到龙爪菊与农民工的相似之处，将苦涩的人生与对未来追求的精神进行了对比，"其实，满怀苦涩的汁液，在贫瘠之地 / 只要有光，它就能勃勃生长"；《向日葵》所表达的"两个人的灵魂即或是两朵黄灿灿的花盘 / 它们有着共同的方向，但它们 / 永远无法成为另一个自己"；《冰糖葫芦》里的酸甜滋味，指向雪花与山楂的意义，"一片雪花压着一片雪花，无人分辨 / 六个花瓣或者七粒山楂有什么意义"。喻体与本体的指向，意蕴的一致性使得诗歌有了更加值得品味和思考的空间。这样的诗歌使得阅读的价值有了提升，同时也使得诗歌有了更多的品味涵泳，意味深长。

视角变化寻找诗歌意蕴深度。诗人一旦动用自己的独特的目光，就能够发现世界里到处都充满着不同的地方。发现这些不同，则要采取主动的视角选择。这些视角，呈现出诗人对世界的观察方式，在何处立足，于何处看，在品味人间的滋味时就能将诗人对自己的定位呈现出来。诗歌《夜晚降临》里，对世界灯火在漆黑里的描述，与自己在此世界之间的关系进行了解读，"一片漆黑，纵有点点灯火 / 也不能照亮这个世界"，但是平心静气的刹那，闭上眼睛，将瞬间记于心，就能唤醒对芳华的怀念。而《月光如水》里，诗人对高楼林立的世界与自己的关系的定位，使得她能够将无限的世界以收束的方式呈现出来，月光所在，即是原野所在，而月光则会将街头的徘徊笼罩，就像是诗人所呈现的："一个人在空旷的街头 / 游荡，另一个人不知道在何方。"这些诗歌中都存在诗人对自己的定位，自然而然就存在着对世界观察的角度。灯火何在，月亮何在，我又何在，实际上当这些视角存在的时候，我们就能够将诗人与世界之间的关系进一步梳理，进一步定位，也使得诗歌的意蕴得到更加深厚的探索。

寂寞感受带来细致入微的情怀。寂寞是一个人的滋味，但是，寂寞有着诗人选择主动疏离或者被动远离的可能性。方式不同带来的感受就不同。同时，诗歌也因为寂寞带来的对内心的寂静形成冲击，而延展出感受。这种感受往往和真实生活情境中的某些东西一致。《风声鹤唳》是一首将孤独寂寞写到极致的诗。诗人从历史深处奔逃，纵横交错的历史，犹如一张网，将现实人生困住，似乎所有的方向里都危机重重，在所有的方向里人生都似乎得不到解脱，恐惧随时降临，悲伤无处可逃，因此《风声鹤唳》这个题目将危机、危险具象表达，我们就能体会到四顾茫然的心境。细致入微，孤独无可逃避，寂寞将情怀呈现。这在其他的组诗中也体现了，如《重阳节》里的孤独眺望："默默地背诵，与菊花有关的诗句 / 在金黄的记忆中把自己开成一朵寿客""天空蔚蓝，群山巍峨 / 只见镜子里不断滋生的白发，唱不出悲歌"，空茫世界里似乎只有自己的问答和对时间流逝的遗憾。《惊蛰》可能会惊醒蛰伏的小虫，但是安眠已久或者走失于人间的灵魂，又如何寻找到安稳所在呢？诗人说"在午夜 / 无边的黑暗之中，睁开眼睛又能看见什么"，这些细致入微的情绪所在，指向对未知的理解，所以"一只苏醒过来的虫子在嘲笑我"。而惊蛰苏醒过来的则是千万只蛰伏的虫族，那声音，将会形成合唱，旋律如河流，从细微扩大到极致。

形式成型意味着思考深度的提升。这组诗歌的另外一个特点是，大部分都是六行。诗人虽然没有对六行诗歌的内部进行更细致的分段，但是六行的形式基本上就是此一时间段内的创作的自我规范。作者有意识地对行文进行了控制，所以诗歌的外在形式与内在表达就有了一定的约束和限定，使得诗歌的创作难度有所增加。例如《十年》这首诗，"时光改变的不只是容颜 / 还有你的坚硬与坚持 / 什么时候开始变得柔软，甚至放任一切 / 脱下外衣，脱下虚伪的笑 / 语言变得直接而简单，回到语言本身 / 然而，回不到最初的梦想"。内部的逻辑与外部的行数呈现出互相限制的状态。其他的诗歌，如《盛开的寂寞》《火车摇啊摇》《葵海》等诗歌，都有着明显的内部结构，这样我们就能看清楚诗人对语言的掌握与把控。

诗人的另外一组诗歌《凌乱而真实的生活》（组诗），仅从题目来看，我们就能感受到诗人对生活的一种无奈，但在无奈之中又能够将细节呈现。这一组诗歌是诗人自己习惯的表达手法的延续，通过准确表达生活细节呈现出诗人对生活的无奈和有意的追寻、改变等。因此这组诗歌在写作手法上，更多选择了叙述，选择了对感受的直接呈现，而不是通过比喻等修辞手法进行表达。

《凌乱而真实的生活》这组诗歌紧扣瞬间表达对人生意义的

感受。如《我身上的刺去哪儿了》这首诗，则将成长是一个瞬间的信息传达了出来，人生的自行蜕变，一定是来自于某个瞬间，比喻的手法，铺陈的表达，意义的描述，使得一个瞬间长大的诗人，不得不面对老去与成熟的自己，正所谓"我想把自己变成一截老枝，长满坚硬的刺／不在风中摇摆，不在雨中凋零／也不在秋霜中苍白"。而《活着就好》这样的一个主题，成为诗人在多年诗歌创作中不曾回避的主题，诗人没有通过抒情进行对生命意义的解读，而是一系列的细节呈现：种植、生长、干涸、饥渴等瓜果的成熟与生命的成熟相比较，大有看透人生的意味。

由此，我们也就发现诗人正是通过对主题的把握来呈现她所发现的悲剧的意义。而《大雪来得正是时候》里，诗人将"世上所有的虚无化作雪花／天地间只剩下一片洁白／无边无际的白"蕴含着的带有悲剧色彩的意义呈现了出来。用这样的思路去读《活着或大哭一场回到原点》，诗歌所用意象既写实，又能够将真实的场景刻画出来，飞奔的战马醉舞，飘落的花瓣是心，千年积雪，苍白人生，所讲述的故事一定和悲伤的爱情关联。诗歌当中的叙述与抒情结合到一起，同时也将时间和空间打乱，在沿着故事情节布局的时候，又做出了相应的价值判断，思想、身体、灵魂都在冲动中抉择，而"我"的形象是一群鱼中的一条，就好像是归于安静之前的涅槃凤凰。涅槃的主题已经很少有现代诗人用如此的方式表达了。

直指人心的诗句是诗歌情感的关键。从古典诗歌的角度来讲，直抒胸臆的表达技巧，陷于直白，虽然对直指人心有着较好的表达，但是优美与旋律似乎就略逊一筹。我们来看这些诗歌的直指人心的表达，《希望》的结尾："就有一片璀璨的黄叶 / 落在我的心上 / 让我疼痛，让我发亮 / 让我替这一片黄叶活着 / 活在这难堪的世上"，语言直白，无所顾忌，将情感直接、真实地表达出。《梦》："这些年，我像西北风一样顽强 / 肆意生长在各种恶劣环境中……我却不再是那个有恃无恐的我"。《村口》："村口，只有日益苍老的树 / 在风中，寂寞"。《倒春寒》："犹如寒风中相互依偎的羊群 / 能够温暖全世界，首先需要温暖自己"。当我们读到这样的诗句时，就能读到一个不平的灵魂在努力地拼搏奋斗。在不安的人生里，在绝望的情境里，在悲伤和抑郁的心志里，唐晴的诗无不透露出对生命的意义和价值的期待。

唐晴不再拘泥于意象的呈现，而是放大感受，充实形象，将自己想要表达的主题释放出来，形成更加深刻的解读。她在诗歌《在上木苑种一些瓜果蔬菜》一诗里表达生存的困境，选取的意象，纷繁而现实，几乎都是生活中一些与自己生活方式等隔膜的情景。浸泡在人间，沾染上的臭味、烟酒味，使得迷失的灵魂无处安放，大地上的行人，仿佛在历史中凭空出现，生存的意义被到处寻找，而情感里暂存的一些意义，一直都在消失。"在季节的轮回中看清人心与人性 / 回到生命的原点"，这样的点睛之笔，将生活中的所见所思所感直接点出，而题目则是从另外的一个角度进行印证：如果不能摆脱无望、迷惘、困惑、伤感、被浸染等，那么就只好选择去种一些瓜果蔬菜，显现出清爽与洁身自好。而上木这个林业概念，也就表达出诗人对乔木与灌木之间做出的选择，因此也就指向了对人生意义的选择，隐含着木秀于林风必摧之，而自己却拥有人生不屈的追求的意旨，将伤害悲伤等一并弃置脑后，面向未来。

整体来说，这组诗歌呈现出时间带来的成长，生活的感慨，落笔于生活的细节，并且将生活的痕迹加重，过往的细节，使得诗歌独特的质感增强。但是她的诗歌虽然来自于生活却不能完全脱胎于生活，在向着更高的境界进发时就无法完全突破，这不能不说是一个遗憾。

前面说过，如果选择一些关键词来印证我对唐晴诗歌的感受，我会选择很多，而这些词汇也是她的诗歌的主题，也是她诗歌的特点。我将会选择生长、寂静、孤独、唤醒、沧桑等词汇作为阅读感受的重点。

这样一来，我就可以再次印证我的判断："她为生命的意义完成诗歌。她为诗歌的理想完成生命的体验。"这么看来，唐晴的诗歌，意义不曾变形，追求不曾变味。

诗人安奇

目 录
contents

第一辑　唯有爱是不能忘记的

第二辑　一枚嵌入历史的木楔

第五辑　浅唱低吟抑或独语

第六辑 散章

第一辑

唯有爱是不能忘记的

父亲

我总是想象，在最高的山峰之上
放眼眺望，云海在群山之间
汹涌飘荡，抑或有阳光
在每一片树叶上闪亮

寂寞是因为心灵失去了阳光
孤独是因为自己握紧了自己的双手
父亲，我依然记得
每一座山峰都有一个温暖的名字
每一种植物都有一段美好的故事
每一个路口都有一首动人的歌谣

黑夜也无法阻挡，父亲坚毅的目光
击落了一只又一只黑乌鸦盘旋的翅膀
我已经长大，即或独自
心中仍有一团温暖的火光

一只高翔的雄鹰，在我思想的前方
八千里路尘与土，父亲，我
佩戴着你送给我的李白的长剑
沐浴着野菊花上的露珠
我苍白的皮肤会有青铜的光芒

父亲的生日

自从父亲年过七十
我就越来越厌恶百以内的加减法
我只记得农历八月十三
是比八月十五更加美好的日子

一江春水

选一个最佳的角度，看山，看水

看世间百态，如一台野戏

看夕阳与落日，弥漫的辉煌与凄凉

照耀白塔也照耀一江春水

活在这珍贵的人间

善与爱是一双隐形的翅膀

活在这珍贵的人间

眼界一定要高，才能无视小人

无视坑坑洼洼与恶心的污秽

才能看见自己想要的远方

执着

前行

围炉而坐

需要一场寒冷的风雪

需要一个寂寞的黑夜

需要所有闲散的亲人

围炉而坐

来自体内的温暖

被红红的炉火烤成朵朵盛开的笑脸

酽酽的茶香

被品得回味悠长

与父亲看世界杯的日子

一场细雨可以唤醒许多生命

让它们茁壮，焕发出生长的力量

这个六月，三天两头就会落下温润的雨水

与如火如荼的世界杯一起

唤起了我的回忆，一九八六年高考前夕

少年的我与中年的父亲

我们夜以继日地处于亢奋状态

白天轮流借阅五毛钱三天的金庸群侠传

半夜一起为"上帝之手"呐喊

那些日子，幸福而快乐

像一场梦一直没有醒来

我拉着爸爸的手漫步在成都长寿路上

巨大的屏幕还在继续狂热的世界杯

爸爸，今天是二〇一八年的父亲节

我们在一起，观看世界杯

全世界都在与我们一起加油

别样的英雄

今夜，漫天星辰

我看不见大海的波光

却看见遥远的旧时光

一九八六年六月二十九日

一个狂野而美好的日子

父亲的背影充满了无穷的力量

那一个月，世界杯，青歌赛

让电视机火热，让我与父亲心灵贴近

我们突然大喊，我们一起高唱

我们交换书摊上租借的金庸群侠传

我们玩《上帝之手》，过五关斩六将

我们似乎都忘了七月七日的全国高考

"在那一非常时刻

我的生命从此永恒"

每个时代都有自己的英雄

没有人可以替代，成功或者败北

春风吹过万水千山

"从明天起，做一个幸福的人
喂马，劈柴，周游世界"
那幸福的闪电，为什么出现在明天？
难道今天的生活总是抑郁而忙乱？

那些落叶、花瓣，以及被反复涂改的纸片
它们在风中翻飞、哀怨、争吵
一场突如其来的暴雪
将一切覆盖，大地一片哑然

这个时刻，点一盏红烛
醒半瓶葡萄酒，读一卷旧书
或者翻一册影集，在低沉的埙声里
任时光慢慢流逝
任春风吹过万水千山
任一切花草树木缓缓醒来

我只想要一盏灯

跨年夜，灯火璀璨，高楼林立

那么多窗口，却看不清一个人的笑容

看不清辉煌的对面无助的灵魂

从小，我就不相信命

现在，我还是不相信

我不能用命和劫数

自欺欺人

全世界都在欢庆

二〇二〇年已经过去，而我

希望回到生活最初的样子

不老的父亲对年轻的我说：

假期结束，你就要收心，好好上班。

于是，我就乖乖地离开家

努力活出父亲期望的样子

今天，我还是乖乖地听话

但不再年轻的我想对您说：

我爱您，父亲

我只想无所事事

一大家子人，围着一盏灯

七嘴八舌海阔天空地争论

却不需要任何结果

父亲，我还是一个孩子

六月的成都，居然还有些凉爽

我拉着父亲的手，在百草丰茂的路边散步

有多少年了，我们没有这样

在山路上辨认野草

想象五朵云的毒性发作是什么样子

看蒲公英随风而去消失无影

如同父亲故事里的侠客

我们尝红色的或者黑色的野果

摘一束五颜六色的野花

香味浓淡不一沁人心脾

父亲说，你要好好保重身体

这个家以后就要靠你了

可是，父亲

我还是个孩子

一个爱逃跑的孩子

你得拉着我，给我依靠

六月，一切重新开始

一次误诊，一个匆忙的决定

成为我心中永远无法忘却的痛

父亲一天经历了两次不必要的手术

独自在重症监护室与危险抗争

每天半个小时的探视是黑暗中的一道光

隔着玻璃窗，父亲安慰我们，让我们放心

用他的笑容和快乐的语气给我们轻松

他却心存疑虑，智慧地询问护士

什么时候可以开始化疗

护士回答不是癌症不需要化疗

刚刚出了重症监护室的父亲

就开始自己照顾自己

很久很久，我没有这样陪着父亲

很久很久，我没有想过这样陪着父母亲人

那些独自漂泊的日子变得虚幻起来

那些为了工作忘却家人的日子变得毫无意义

没有一种荣誉可以减轻病痛

没有一种物质可以代替相聚

这个六月，带走一切苦难吧

开启我们新的人生

今夜难眠

窗外草木郁郁葱葱繁花似锦

有栀子花淡雅的香味阵阵袭来

没有风，也没有雨

成都的空气与天空一样暧昧

触手可及，湿漉漉的

不知道远方的儿子如何庆祝自己的生日

不知道隔壁的父亲如何面对

明日的手术，我的决定

如此艰难，无法取舍

空前的孤独

在黑暗中

坠落

爱，是一个多么虚弱的词

健康是福，爸爸

这是多么痛的领悟

多少年，我挣脱你们的怀抱

奔跑、跳跃，从来不知道回头

每一次受了伤，只有父母的抚慰

每一次伤痛过去，我又会像一头头狼

雄赳赳地冲向危机四伏的荒原

爸爸，我此生唯一悔恨交加的事情

也是唯一无法原谅自己的事情

就是我匆忙的决定

让您承受了不该有的痛苦

却依然一个字的怨言都没有

爸爸，您聪慧而倔强

却从未对我们姐妹说一个不字

所有的记忆里都是您的微笑

您那么善良慈爱

总是默默地帮助身边的人

出差中看见和我一样大的乞讨女

把自己的饭菜给了

还特意再买一份给她的母亲

听您说起她们的笑容

我就想象，一定和我的笑容一样

是幸福从心里开出的花朵

我手心里一直留着温暖

那是手术前一天牵着您的手的温暖

爸爸，那天您说：我多健康

爸爸，现在我才知道

爱是一个多么虚弱的词语

我只想天天看见您的笑容

看见您逗我们开心地说笑

我们都不要照顾您，您一如既往地

宽容，快乐，健康！

半夜，在医院醒来

此刻，如此安静

我被自己的心跳惊醒

楼道里的灯光透过门上的玻璃

蒙眬之中，看见身旁的病床

像一个婴儿的摇篮

父亲安静地睡着

宽厚的脊背露了出来

我轻轻地替父亲盖好被子

恍惚之间，父亲就是一个酣睡的婴儿

是的，父亲就是一个婴儿

我要陪着他一天天长大

去世界上任何一个想去的地方

吹风，晒太阳

讲笑话

像孩子一样快乐

一直以为，岁月沧桑

脸上的皱纹与白发越来越多

心中的希望与美好却越来越少

看见世上的种种丑恶

怀揣的善良与热情一点点消失

一个月来陷入医院的冷漠、残忍与无助

我开始沉静，默默地回归内心深处

世界是谁的不重要

我的亲人们，才是我的灵魂

这个夏季，多风又多雨

父亲在重症监护室，我在飞机上

无神论的我，不停地祈祷

凡是我能想起来的一切超人的神力

我想，他们正在天上俯瞰众生

飞机越飞越高，我的祈祷

离他们就越来越近

看见父亲在重症监护室里面的微笑

看见父亲半夜轻手轻脚自己去卫生间

看见呼吸困难的父亲做出强大的样子

看见伤口还未愈合的父亲一脸孩子似的天真

我内心又痛又宽慰又豁然开朗

这个世界上的一切都没什么

拥有快乐的心情

给亲人希望和幸福

是一件多么重要的事情

沧海桑田，海枯石烂

我们只需要每一天

像孩子一样，简单快乐

父亲是一座大山

一直失眠的我，一夜昏睡

梦中都是您快乐的笑和温暖的拥抱

那么真实，那么亲切

我以为黄泉路上，您饮下了那一碗孟婆汤

今生，您再不会记得我

三年前的今天

您从重症监护室出来，戴着面罩和满身管子

对着我，满脸笑容，不等医护人员扶持

自己翻身上了检查台，又自己翻身下来

您当时看见我，却依然坚强，依然乐观

两年多的病痛折磨，您从未呻吟过

也从没有说过一个痛字，只有一个人的时候

紧皱眉头，看见我们又露出笑来

说一点都不痛，我很幸福，有好老婆好女儿

其实，幸福的是我们

五十多年，您和颜悦色面对妈妈的各种任性

天天坚持给二妹妹按摩好了疼痛的腿

对小妹妹的喜爱溢于言表

为我的想法写出了大量的手稿

为了辅导三个孙儿孙女，认真写了教案

去世的前一天半夜，您坐在床头

像一座雕像，对我说：

你好好睡觉，我没什么，我自己可以的。

您用一生，证明了

父亲就是一座大山，给我们依靠

给我们温暖，也给我们所有

努力加餐饭

自你离开之后

世界有多大，天涯有多远

都与我无关

而季节的轮回却让我茫然

落叶缤纷，你会捡起哪一片

笑容满面地指给我看

大雪纷飞，我冰冷的手心

还有谁捧着，给我温暖

霜降之后，这个世界更加寒冷

生活变得如此苍白，如此简单地重复

我看着每一盆花儿，像你一样

回忆里全部都是你的笑

回忆让我热泪滚滚

热泪让我明白，努力加餐饭

活在人间，如你所愿

梦

泪水如潮汐，在月光下起起落落
淹没了全世界，月亮绕地球一圈了
终于，你像月亮一样回到了我的梦里
真切而虚幻，你淡淡一笑
三言两语，纵横捭阖
让我看清千年之间历史的烟云
不以物喜，不以己悲
这些年，我像西北风一样顽强
肆意生长在各种恶劣环境中
呼啸或者沉默，但绝不会退缩
今天，月亮还是那个月亮
我却不再是那个有恃无恐的我

黄鹤楼上

"昔人已乘黄鹤去……

白云千载空悠悠。"我不相信

此地空余黄鹤楼，我渴望自己有叔伟^①的幸运

渴望驾鹤西游的亲人，如文伟^②一样回首

我一步一步地向上爬去，人流之中

却没有那一张亲切的面孔

第一层，一只巨大的黄鹤飞向遥远的天空

人间众生渺小如蚁，我看不见黄鹤背上的神仙

我不喜欢这样的意境。我想看见一只黄鹤

从云端缓缓飞来，驾鹤的白发老人笑容可掬

我迅速向上攀登，来到二楼

看不见长江，看不见芳草萋萋的鹦鹉洲

"欲穷千里目"，我默默地对自己说

① 《述异记》记载：荀瓌，字叔伟，在黄鹤楼上，遇到一位骑着鹤的无名仙人，
两人饮宴一番，仙人骑鹤而去。
② 费祎，字文伟，江夏人，与诸葛亮、蒋琬、董允并称"蜀汉四相"。有古代
典籍记载，费祎曾驾黄鹤在此休息，后登仙而去，故此得名黄鹤楼。

"更上一层楼"，在第三层，我遇见崔颢

李白、陆游、岳飞……大起大落的情绪里

我登上了四楼，长江大桥扑面而来

却依然不见长江天际流，不见黄鹤万里遥

风云起，独立楼顶，一片迷茫

江河常东人常西

谁来过

哪里又有我的影踪

父亲的城

从来没有如此空旷

从来没有如此冰冷

从来没有如此虚无

太阳红红地挂在天上

雾气萦绕，露水打湿了人间

父亲，这是您生活了近八十年的小城

每一条街道每一个小巷都有您的足迹

我不敢遇见熟悉的人

不敢看见高个子的老人

不敢听见路上的孩子叫爸爸

我蜷缩在车里，就像在家里一样

四处都是父亲的音容笑貌

然而，我冰冷的手只能在回忆里

被父亲温暖的大手紧紧捧着

父亲，您的小城已经百万人口

他们都在您的身后

我也在，一直在

火峰山也在

嘉陵江水缓缓地流淌

江风和去年一样

轻轻地吹过我的脸

花儿却开得如此凌乱

让我失眠，陷入黑暗

我不想看见枯萎的花朵

我不想看见一地落叶

我不想看见，一扇门慢慢合上

我不能阻止自己的眼泪

像一碗烈酒，一饮而尽之后

再被满上，而那个爱喝酒的人

在黑暗中望着我，眼光那么复杂

我阅读了整个世界历史

却读不懂这眼神里的爱与恨

夜深了，我睁开眼睛和闭上眼睛

其实没有任何区别，我伸出双手抑或蜷缩如虫

只是自己孤独地挣扎

我旋转，奔跑，无声地呼号

一头雄性的狮子在森林里咆哮

我是一条漏网之鱼

游弋在黑暗深处，让我失眠

记忆停留在鲜活的七秒

直到夜色褪尽
直到太阳升起
直到看见您的笑容
像记忆中那样

又见端午，却不见您

天空布满阴霾，世间变成灰色的镜子

照见我五蕴皆空之身，深陷苦厄

我不能穿越，您却在缥缈峰顶

如果翻越七十二座高峰就能看清

我愿意，一步一步，记住每一块石头

每一棵植物，它们在您心中

都有一个故事，一个美好的未来

三年前的端午，您大笑，给我们安慰

您坚信，第二天的手术像一场感冒

只需要一两杯白开水就可以痊愈

而这一场劫难，是庸医，也是我

葬送了热爱生活的您

这个端午，第一次拉不到您的手

阳气最盛的时刻，我只能回忆

让绵绵不绝的雨滴掩盖我的泪

日记

只有半扇窗，向北
漏进来一束暗淡的光
让我沉重的肉身，飞翔
有七彩的花瓣，纷纷扬扬
有万道霞光，从天而降
有最爱的人，在缥缈的云雾中
微笑，从另一个世界走来

六面冰冷的墙，像极了
我曾经怀抱的盒子，孤独地
埋在了石板之下
我小心翼翼，却不知道如何防备
不敢触碰任何东西

我一面挣扎，一面妥协
一面怀想，父亲在医院
最后的时光。我从未有过的安静

这沉重的肉身，坠入现实

坠入无边无际的

苍凉。我一面挣扎

一面怀想，父亲对万事万物的

宽恕与热爱

午夜梦回

这个世界如此安静

我却听不见您的心跳

缕缕香烟渐渐消散

白色的灰烬刺痛了我

这个时刻，我想给您一支凤凰牌香烟

让房间里氤氲着八十年代的香味

多少年，都是您目送我离开

我从未回头，我知道您每一次的矗立

一九八六年，第一次离家远行

午夜三点的火车站，风很冷

三三两两的人群互相防备

我却格外踏实，偎依着您

像落凤坡上安静了千年的巨石

像剑阁古道上绵延的张飞古柏

此时，整个世界只有一盏灯亮着

我看着您的背影

恍如看着一只归巢的鸽子

我屏住呼吸

时间，会不会

就此凝滞

草木人生

路边一株枝繁叶茂的芙蓉树，开满了
粉红色的花朵，作为成都的市花
在这个英雄的城市孤独而粲然地开着
一场寒流之后，异常地温暖
满山的樱花忽然醒来
这个冬天，好短啊
狗尾巴草也翠绿如新
父亲，那一枝毛茸茸肥嘟嘟的狗尾巴草
多像当年您抽给我的那一枝啊
翩然而至的木蝴蝶虽然色彩厚重
但它是否历经了二〇二一年的春天
望着阳光下闪亮的狗尾巴草
陷入恍惚，在混元的时空之中
我该向哪个方向穿越

思念

您知道，我爱您

不只爱您的灵魂

更爱您的音容笑貌

以及您高大伟岸的身躯

爱您用温暖的手牵着我

走过人生的四季

所以，您手心里的温暖一直没有冰凉

花已经开满了窗台，红的、黄的、粉的

五颜六色，还有橘子花甜蜜的香味

充盈着整个房间

冬天修剪的时候您说过的话还在耳边

春天到了，就会花满枝丫

如今已经花满枝丫了，您在哪里

我披散长发，裸脚

在红地毯上舞蹈

再没有人能够抚慰我的忧伤

再没有人让我觉得自己的努力还有意义

我孤独地旋转，无力抓住什么
黑夜过去，晨曦渐渐明亮
这个世界，一片苍白

第二辑

一枚嵌入历史的木楔

落难的王

一个落难的王

在荒凉偏远之地流离

而阴谋、追杀与较量

却让这蛮荒之地热烈无比

是的　一个落难的王

依然是一个王

王站在塬上　遥望远方

雄性依旧的烽火墩重燃内心的烈焰

落难的王　逃亡

不是放弃自己的权利

一粒被抛弃在沙漠中的种子

只要种子的心不枯死

总会有生长的机遇

在只有武力和智力同时抵抗的日子

落难的王　必须一手拿矛

一手拿笔　四面出击

喃喃自语　落难的王

只需要　两个结局

不是战死　就是

辉煌地杀回去

兰陵王入阵曲

大敌当前，众人哑默退下

年轻而俊美的兰陵王挺胸向前

跨出坚定而豪迈的一步

所有部下紧跟着向前跨出坚定而豪迈的一步：

养兵千日用兵一时，士为知己者死

一阵狂飙从天边刮过来又消失于天的另一边

狂舞的沙砾打痛了每一个人的脸

却更激起了兰陵王内心的斗志：

甩开臂膀，使劲把战鼓擂起来

像春雷一样，响彻天宇，震动人间

兰陵王戴上狰狞的面具，他要让敌人明白：

你们，是死于我的气概

兰陵王一马当先，率五百勇士

旋风般冲入十万大军之中

如双子座的流星雨，飞速地划过黑夜

刹那间，耀眼的光芒吞噬了敌军的启明星

十万大军如夜色般茫然

坠入无边无际的深渊，再无踪影

皇兄摆下浩大的庆功宴

内心却十分慌乱：

久闻兰陵王体恤将士，深爱百姓

俊美的容貌令人着迷

此刻，美酒飘香，大块的牛羊肉热气腾腾

而众将士却自发列队歌舞

再现沙场的神勇与从容，兰陵王的光芒

如日月初升，照耀万物

一个无能又无德的皇上

用皇权赐兰陵王一杯毒酒

其实，也是赐了自己的江山社稷一杯毒酒

兰陵王倒在了自己的家中

一个王朝随即被另一个王朝灭亡

出征曲

——有感于黄建民先生复制秦剑

焚香。沐浴。披挂整齐

向所有的亲人一一请安

接受他们的祝福与期盼

将感性埋在故乡墙角的梅花树下

将理性与忍耐别在腰上

迎着第一缕阳光出发

奔赴没有血腥和硝烟的战场

穿过时光隧道和幽暗的沼泽地

以朝圣的方式向着既定的方向前行

我们丢盔弃甲依然知难而上

我们伤痕累累依然拒绝投降

我们听见身后亲人们在擂鼓吟唱：

大丈夫处世兮立功名

立功名兮必刚正

必刚正兮无羞愧

无羞愧兮故乡行

秦剑记

——有感于毛乃民先生复制秦剑

秦国的战马如潮水呼啸着卷过大地

利剑两端，一个朝代倒下

一个朝代仰天大笑

刺死千万具肉体多么容易

但生命脆弱而灵魂不灭

焚书坑儒，犹如烈火焚烧草原

而仗剑天涯，劫富济贫

是传说中的侠客义士

人们善于在幻想中拯救地球

在现实中恃强凌弱

在一个不需要侠客的时代

再铸秦剑，锋利依旧也古老陈旧

剑在手，又刺向何处

边墙

我喜欢这两个名字：

清水营、边墙

它们让我感觉一种幽静、安全与温暖

听不见厮杀、纷争的残忍

看不见白骨露于野的凄凉

城市里高大威猛的越野车

如同蝼蚁，在荒漠上蠕动

而绵延残缺的边墙依旧让人震撼与惊心动魄

我努力爬上边墙的最高处

阳光正烈

大风起的正是时候

我身着绿色的长裙

一脚关外，一脚关内

关外，是一望无际的苍茫

关内，脚下的火媒草

正用命开出紫色的花朵

此刻，我理解了

为什么它们浑身是刺

鎏金银壶

那些美好的故事

那些英雄的传说

终究会流传下来

纵然山川异域

纵然物是人非

纵然你和我永远失散

一截残留在城市里的长城

比我更为沧桑

比我更加坚强

就那么破败地挺立着

千百年来，看尽人间悲欢

看尽纷争与厮杀

终不过一段

繁华深处

熟视无睹的存在

骡马巷

谁在风干的故事里流浪

把爱放在心上

把梦寄寓天边

在古丝绸之路上，来来往往

躁动不安的气息

犹如安睡一夜的骡马

每一个细胞每一个毛孔都膨胀着：

诗与远方

观秦始皇兵马俑

穿过这浩大的古战场

灵魂被铸成一具跪着的青铜

颓废的肉体，情欲饱满欲滴

干旱无人的旷野里

开满了蓝色的打碗花

血色的夕阳渐渐没入黑暗

这一具孤独、狂躁、野性十足的躯壳

将如何安置

在秦琼墓地旁边留宿

门外是酒吧街，灯红酒绿
情歌缠绵，窗外是墓地
夜色幽暗，墓碑独立
是秦琼在当我的门神
还是我在守护他的墓地
我一次又一次地追问自己
这些靡靡之音
洗去了他所向披靡的杀气
墓地后面冷清的书院街，恍如
他祖上三代文官沉入史海
在昭陵，有多少皇亲国戚
文臣武将，都不如袁家村
小吃街上那些招牌的名气

无字碑为什么没有字

无论多么高大的碑

都会书写完最后一个字

无论多少文字

都会表达完所有的意思

傲立于男权世界的女皇

一个无法评说的传奇

就像满天飘飞的毛毛细雨

让我们无从躲避

也无须躲避

静悄悄地深入大地

没有泥泞，却浸润了

我们的身心

此刻，有许多的思想突然呈现

丰茂、色彩斑斓、沉甸甸的

如秋天的关中大地

我们绕大雁塔转了一圈

夜色暖暖的，迷离的灯光

与空气一样，有诗歌

和葡萄美酒的微醺

我爱的其实就是一种感觉

就这样不期而遇，在长安

在千年不老的传说与现实里

有缘人，有情人，有心人

终会相聚，在大雁塔下

突如其来的相遇

我们不必爬上去又下来

有些事情，如此美好

总是不可碰触

没有期待，没有目的

就那么随意，绕着大雁塔

转了一圈

石鼓文

十面石鼓，十首史诗

十幅书帖，十种传说

颠沛流离，纵横华夏

也曾藏于帝王深宫

也曾散落荒郊野外

也曾历经战祸

也曾远离喧嚣

唐韩愈为之泼墨长书

宋赵佶为之痴迷临摹

一个政治上失败的皇帝

却在书法绘画的版图上

以其筋瘦、遒劲却不失富贵的独特个性

雄踞一方

成了千古一帝

我在瘦金体中寻觅石鼓文的影子

我在石鼓文中寻觅诗歌的灵魂

却在石鼓的命运中

看到了人生

而石鼓，却成了一个不解之谜

青铜器博物馆

这样的硬度刚好，不软不硬
这样的颜色刚好，不黄不绿
这么多的品种刚好，应有尽有

其实，最好的是
有足够多的酒器
无论造型，还是用途
都让一个人豪放而不狂妄
内敛而不冷若冰霜

看见汉废帝，看不见人生的路

枪杆子里面出政权

年轻的刘贺一定不懂这个真理

快马加鞭地来到京城

二十七天干了一千一百二十七件坏事

这样夜以继日的精力

搅乱了政治舞台剧本的台词

但我相信，刘贺个性倔强

眼睛还有严重问题　看不见

武帝的好大喜功早已过去

满朝的官员钙质流失

即便处于偏远之地

一个装疯卖傻的废帝

依然是某些友人邀功请赏的筹码

王、帝、民、列侯

大起大落的人生，烟消云散

两千年过去了，消失的历史

突然出现，正如我突然到来

却依然，看不清过去

也看不清未来

大马士革

中学时代，大马士革就是我向往的地方之一

因为那里是古迹之城

呈现着历史的隐秘与奇迹

那里是地上的天堂

辉映着自然之美与人文之光

那里是丝绸之路的西部终点

是中国柔美与精巧之舞的顶端

那里是商业与宗教的汇集场所

尘世与信仰以物质之美布满大地

其实，我想说的

那里是诗歌之城，作为一个诗歌爱好者

我期望，走在那里的街道上

遇见人们一张张诗歌般美好的笑脸

罗马假日

以为会去路边的咖啡馆

制造一次人间的真诚与浪漫

或者去台伯河边

在倒垂的梧桐树下

翻晒一个民族的历史

或者坐在城市广场中心的台阶上

看人来人往　无所事事

却被人流簇拥着

来到了斗兽场

任时光流逝

我依然看见了

不该看见的事情

从威尼斯漂流而过

最美的不是海水

也不是贡多拉在水巷穿过小桥

墙上的绘画与雕塑，在阳光下

坚守着中世纪的饱满和力量

我像拿破仑一样

在圣马可广场徘徊、游荡

鸽子与海鸥在自由地飞翔

一百一十八座岛上

最美的是各种风格的教堂

一只白鸽满怀敬意

挺立于教堂最高的地方

恍如一尊雕像

在文艺复兴的心脏

佛罗伦萨阳光灿烂

像中世纪的人文之光

照亮了欧洲大地

但丁走下神坛死于贫困

他的粉丝彼特拉克四处呼号

书写人的史诗

拉斐尔的圣母像母亲一样慈爱

米开朗基罗的雕像有着可以触摸的力量

神在欧洲上空的统治被打破

开启了地球上人类的联系

却伴随着血腥与掠夺

有多少人能够听见他们的叹息

我默默地走在佛罗伦萨的老街

阳光依然灿烂　我看见

薄伽丘站在圣母百花大教堂门口

侃侃而谈

清明

一场雨下了千年，依然

不会停下来，正如爱

正如思念，正如每一个春天

花都会渐次盛开

所有的亲人从四面八方回来

回到熟悉的田野，回到温暖的大地

踏青，叩拜，仰望天空

用一杯酒浇灌

自己的根

寒露

今日开始，昼暖夜寒凉

像爱与恨黑白分明

千年的烽燧依旧在守望

一匹孤单的驴，没有言语

却拥有整个天空和大地

这个季节

该归仓的归仓，该播种的播种

大地一片空旷，大地一片金黄

小雪

不要出门
生一炉摇曳的火
熬一壶陈年的普洱茶
等雪来
等梅花开
等一个出走半生
归来的少年

大雪

白茫茫一片，望不到边际
巨大的寂静中
我听见草木萌动的声音
独立冷静的高楼之中
谁来牵着我的手
当朝阳升起的时候
以窗户为画框
把我高高地拥抱
我白茫茫的一片思恋
化作一句问候
亲爱的
你那里下雪了吗

冬至，请赐我一阳指

黑色的夜，让无数夜行人跌倒
也让无数玄衣人躲入黑暗深处
世事难料，你又何必猜测
一如人生，不如意事常八九
你必须习惯于隐忍
即或在冬至这一天，也不要说：
我藏得住忧伤
却藏不住思念的惆怅

腊八节

关于腊八节的传说
像关于我的传说一样
多，你可以根据自己的意愿
选择相信并继续传说
也可以半信半疑
跟随环境和别人一起度过
而我，一直坚信
过了腊八就是新年
慎终追远，人生要有去处
更要有来处
一个人才能活出
一个人的高度

立春

伸出双手，迎接阳光和雨水

让一股暖流

从指尖直抵内心

而大地依然荒芜、坚硬

既然一条腿已经跨过大寒

那就去原野上，踏春

感受泥土中暗藏的力量

经历过冰雪一次又一次覆盖、重压

满山遍野的辛夷花就要盛开

置身其间，你无须仰望

恍如自己就是其中的一枝

紫色的心思弥漫天际，原来

固守纯粹也是一种壮观

春分

我相信，是春风把我吹到了北方
我忧郁却不忧伤
春风吹过，花儿就会朵朵开放
妈妈，你看，北方的桃花红了
柳树开始摇曳湖水
无数的候鸟在嬉戏鸣唱
整整三个季节的心痛
被大地上盛开的花朵埋葬
我爱的人们，在花丛中
笑容比花朵更加灿烂

重阳节

默默地背诵，与菊花有关的诗句

在金黄的记忆中把自己开成一朵寿客

城市里有鳞次栉比的高楼

我们每天攀越，看不见远方

天空蔚蓝，群山巍峨

只见镜子里不断滋生的白发，唱不出悲歌

小寒时节

今夜更深露重

寒冷却刚刚开始

你不能紧闭柴扉，不能守住火炉

一个人远行，一个人打拼

熬过漫长严寒的冬天

花开半夏的时候

你是否还有

一颗闻香的心

惊蛰

脱下一层又一层衣物，依然燥热
蛰伏已久，谁能唤醒我
唤醒我走失已久的灵魂
唱一首安魂曲，在午夜
无边的黑暗之中，睁开眼睛又能看见什么
一只苏醒过来的虫子在嘲笑我

小年夜

在所有的中国节里

我最喜欢的就是今天

总有一盏灯火，在黑暗中摇曳

照亮母亲忙碌的身影

灯火来源于我的童年

干净的灶台上一小碟子菜油

里面那一根细细的灯草

灶台是母亲的天下

母亲的天下是我们永远的乐园

每天看着母亲在她的天下纵横捭阖

我盼望母亲永远在她的天下驰骋

盼望每年的小年之夜

不用糖瓜，只点亮一盏油灯

我相信，灶王爷升天

母亲的福报就会年年添增

除夕夜

无论岁月怎样流逝，我都喜欢
这一个节日，充满爱与斗志
无论文化如何交融，我都拒绝
抛弃传统，如何寻找自己生命的根

今夜，请点亮所有的灯盏
以母亲的呼唤，与温暖重逢
以父亲的名义，与坚强相遇
为我们的未来升起一颗又一颗星星

今夜，请你回家
爱需要诉说，也需要表现
让心中流淌着奔流不息的黄河水
让除夕的酒温暖厚重的历史

元旦之夜

今夜的月亮如我的心情
明亮而圆满，高悬天际
屋内，一杯香茗温暖的气息
弥漫了所有的空间，也弥漫了
一个人的回忆

我知道，今夜我将无眠
尽管过去的苦难已经过去
将来的坎坷，我依然会跨越
所有该来的与不该来的
就像潮水，带来珍珠
也带来礁石的磨难

今天，又一个轮回的开始
突然来临的寒流席卷了所有的城市
我用全部的精力
关心天气，关心土地

关心雪花积压下的每一颗生命

当然，也包括我自己

第三辑

凌乱而真实的生活

在静默中飘摇

我们已习惯了喧嚣，习惯了奔跑
我们没有时间停下来，没有时间
审视自己的内心
也没有时间停下来看路边的花
路边的草和路边的毛毛虫
甚至没有时间停下来看看亲人的眼睛
猝不及防的静默，让我们不知所措
我们变得慌乱、茫然，甚至满腹牢骚
忘却了自己在忙碌中曾经多么渴望
可以自己掌握自己的时间和空间
是的，我们现在有了时间，却失去了
可以安静的心

我身上的刺去哪儿了

枣子熟了，我的枣园硕果累累

像我的心事一样沉重

有的已经掉下了枝头，它们不再拥抱

也不再依靠，散落成一个个自由的小石头

有的枝条不堪重负，已经断裂

枯枝上的红枣被风干了，却红得更加沧桑

我满怀忧虑，把自己埋进枣子之间

埋进树丛之间，让那些老树枝上的刺扎我

我需要看见血，感受痛彻心扉

我想把自己变成一截老枝，长满坚硬的刺

不在风中摇摆，不在雨中凋零

也不在秋霜中苍白

白露为霜

月光的白，化作满地秋霜

被路灯击碎，掩饰不住

一道又一道的暗伤

她取下墙上锈迹斑驳的犁具

仔细地慢慢地抚过木质的纹路

抚摸冰冷的铁，目光迷离

她缓缓地举起这副古旧的犁

想重新挂上带着泥土味道的墙

却发现，四周一片荒芜

空空的双手举在夜色深处

她觉得自己像一朵花，尚未开放

就从枝头落了下来

她紧了紧地上的影子

黑色的长裙拉长了秋霜

拉长了孤独

滑入浩大的虚空

家乡的布谷鸟

远离了家乡，也远离了乡村

每一个春天

耳畔依然会有布谷鸟的歌声

外婆说，它在催促人们

播谷、播谷

抓住了时间的人

才有一年的好收成

这个春天，外婆有些悲哀，在城市里

我的孩子，听不见布谷鸟的歌唱

在我的唠叨声中

虚度光阴

三月桃花雨

三月，拒绝爱情

爱却从内心生长出来

如漫山遍野的青草

今天拔掉一点

明天发现，又疯长了一片

三月的雨，说来就来

在春光里绵绵不断

三月的雨就有了桃花的颜色

爱也就有了盛开与凋零的轮回

总有一些谎花

给不了你甜蜜的未来

但并不妨碍

这个春天，它是那么绚烂

旱

风掀起热浪，袭击了大地
树叶失血，牛羊不出，小白菜逃匿
风，却掀不起妹妹的红盖头

没有人看见妹妹的眼泪
就像没有人看见哥哥忧郁的心事
就像玫瑰园里光秃秃的
从未有过青草的影子

就像冬天的雪地上
没有鞭炮的碎纸
母亲的擀面杖裹不住
父亲的一声叹息

活着就好

不是所有的耕耘都有收获，我们
错过了春天，在最炎热的时候
种下了菜，种下了瓜
也种下了花。天时地利人和
它们只剩下我们的爱，在这个干涸的季节
它们都在饥渴中努力地生长，让我们看见
生命的脆弱和顽强，生命只有一次
我们的生命也是如此，一再错过
很多东西，总归有一天会离去
但是，我们活着
活得像这些瓜果蔬菜
活得像这些不开花的花儿

在上木苑种一些瓜果蔬菜

我们活在人间，但缺乏烟火气息
很久了，在拥挤的人群中
被各种体臭味、烟酒味浸泡
无处安放的灵魂渐渐迷失

大地广袤，大地空空如也
大地上走过来一群长袍短褂的人
他们笑着、喊着，用各种不规范的工具
开垦土地，种下瓜果蔬菜
种下一群魂牵梦萦的鲜活的儿女

天旱了，一群人张大了嘴巴
在渠坝上东张西望来回奔走
泥土的气息，生活的味道
以及每个人散发出来对生命的敬畏与爱
以瓜果蔬菜的形式，天天生长

生活，需要一种仪式
需要培植一些短暂的生命
在季节的轮回中看清人心与人性
回到生命的原点

大雪来得正是时候

一夜之间，黄叶、红花、屋顶、车辆

以及胡乱堆放的肮脏的垃圾

是不是还有看不见的什么

被这来自天堂的浩荡的花朵淹没

有人在雪中倒下，有人在雪中前行

有人在雪地里堆了一个雪人，像一位侠客

蓝色的口罩在风中飞舞

大雪并没有停止，仿佛要将

世上所有的虚无化作雪花

天地间只剩下一片洁白

无边无际的白

活着或大哭一场回到原点

乘战马飞奔，醉舞于锦官城中

每一朵花瓣都是一颗鲜红的心

西岭的千秋积雪，寒彻骨髓

纵然烈酒焚烧，依然是苍白的脸

太多的童话故事，被一把利刃毁灭

逃往九省通衢之地，然而

谁又能逃离于自己的内心

尽管这是英雄的城，不相信眼泪

但英雄一定是最冲动的人

要么是身体，要么是思想

要么是控制思想的灵魂，率先

对这个世界做出激烈的反应

而我不过是一尾鱼，茫然地混在鱼群之中

随大流而动。一朵鲜艳的红玫瑰

像一只火凤凰，在夜空中飞舞

火焰渐渐熄灭，灰烬荡然无存

一切归于安静，再也看不见

只有一面镜子，空荡荡地伫立于墙角

我屏住了呼吸，却没有忍住眼泪

暴雨骤然而至，如冰雹砸向大地
无处可逃，无边无际的痛啊
我站在银川十四楼的窗前
突然想起妞妞的父亲，在郑州地铁口
穿着雨衣戴着墨镜，他无言的悲伤
如洪水泛滥。喧嚣的世界
与他无关，那些没有爱与被爱的人
对他口诛笔伐，搅起漫天腐烂的气息
"妞妞，爸爸还想再接你回家"
每一次暴雨，那个像山一样
却茫然无助的父亲，一定会疼痛
就像此刻，我屏住了呼吸
却忍不住眼泪

大雨来得正是时候

陷入蒸腾的气流之中，在济南

燥热的七月还在持续升温，似乎

被后羿射下的太阳全部返回了天空

更加肆无忌惮，汤谷的扶桑树巨大而寂寞

而人心比空气更加火热

弥漫的爱与关怀，追寻与悲悯

跨越时空，穿梭于人潮人海

在世俗的繁忙之后，需要一份孤独

需要一个安静的环境，安静的角落

静静地思考，保持心灵的洁净与浪漫

思维的纯粹与睿智，不断修正自己

感谢相遇，恰如突然来临的瓢泼大雨

让一切非常膨胀的情绪冷静

回归正常，却不同寻常

秋已深

是时候，打扫满地落叶
剪除枯枝，让大地干净，空气清新了

是时候，让小鸟归笼
春花为泥，随鹰高飞，猎狗烹兔了

困于一隅之中，娱耳目，乐心意，
雌雄不分，何谈强者请服、弱者归顺

秋深了，看熊出没，听狼长啸
王，在歌唱

村口

这个词和爱情一样

令少男少女痴迷、疯狂，奔走远方

而老人，独立树下，翘首盼望

密布的荒草和城市道路

淹没了爱情，也淹没了父母

村口，只有日益苍老的树

在风中，寂寞

夜

夜，也就是夜
它不需要光明
不需要一盏领航的灯

失眠的人，流浪的人
他看不见世界，也看不清
自己的内心，苍白的灯光与失血的脸
被惨白的墙壁与地面冷漠以待

最后的希望

那么耀眼的金黄，扑面而来

猝不及防，我不知道该惊喜还是惊慌

难道我这几天是在天上？人间已过几千年

我想要的美，也许就像这灿烂的辉煌

转眼之间就会随风而逝，仿佛从来就不曾存在

然而不早不晚，恰巧让我遇见

从此，就有一片璀璨的黄叶

落在我的心上

让我疼痛

让我发亮

让我替这一片黄叶活着

活在这难堪的世上

在故乡，我是没有故乡的人

少年时代，不懂得

"三千年读史，不外功名利禄

九万里悟道，终归诗酒田园"

对玄妙的东西充满了好奇

对不可能的事情满怀希冀

对远方的一切渴望着遇见

跨越了万水千山

走过了茫茫人海

像一只倦鸟，回到旧枝

石缝中开着小黄花的青石板路不见了

咯吱咯吱歌唱的木板楼不见了

眼前川流不息的人群

没有一张亲人般的笑脸

更没有人唤我的小名

我对他们完全陌生

才发现，在故乡

我是一个没有故乡的人

春节，回家过年

大红的灯笼挂起来

长长的青石板街道

泛着陈旧的亮光

木板的楼阁传递着隔世的温暖

在这里，需要慢慢地游荡

需要一点一点地回忆与发现

与自己再次邂逅

握手言欢

在八仙桌前

把盏

给每一个亲人

把桂花酒儿斟满

七步镇

大漠深处。孤零零的小镇

暮色苍茫而寂静

星星还没有出来

唯一的一条街上没有行人

也没有一盏灯，一爿小铺里

独眼的账房先生枯坐着

他在默默地数着

一二三四五六七

门口出现了一个蓬头垢面的人

长发遮住了大半个脸

他低声问道：我是谁

账房先生一动不动

同样低声回答：我是谁

来人扭头就走

账房先生继续默数

一二三四五六七

天色更暗了

门口的人看不出男女

只是一个人影

低沉地逼问：我是谁

账房先生依旧一动不动

闭上独眼

回答道：七步镇

来人发出一阵尖叫

狂奔而去，尖叫声划破了夜空

七步镇却依然在一片漆黑之中

让心情开一朵花，每一天都阳光灿烂

寒冷的时节，心脏收缩成一块锈铁

所有的苦难没有人可以分担

亲人徒增烦恼，陌生人不知道，仇人各种开心

一片白茫茫的大地

你是否能够看见白雪覆盖下的事实

咳，纠结这个问题是多么可笑

看见与看不见，你都得跨越

三十六计走为上策

但不是教你逃避

给自己一个微笑

给失望的自己一个鼓励

一个人站在旷野上

大声说，心若飞翔

没有什么可以阻挡

世上本没有路

不需要与众人去挤
也不需要顾及他们的嘲笑
自己坚定不移地走下去
就会有一双强健的腿和坚实的背影

让心情开一朵花，每一天
都活成自己想要的模样

夜晚将至，北风又起

风吹乱了我的长发

透过纷乱的发丝

我看见无数个自己

有江湖剑客，有耄耋老者

有青葱岁月的尼姑

有顽劣而善良的少年

有易怒的匹夫，说书的先生

一群怀着各种好奇的听众

他们互相嘲笑，互相可怜

甚至互相争斗势不两立

最后却像陌生人一样

仿佛没有任何的交集，各自散去

消失在夕阳西下的群山之中

风中伫立的我，乱发飞舞

像一具皮影，伸出手臂

却什么也没有抓住

倒春寒

夜色很美，已听见万物向荣的脚步声
总有几场北风，不甘心被浩荡的春风驱逐
一场凌厉的倒春寒会摧毁弱小的事物
很多时候，付出与得到，破败与美好
犹如寒风中相互依偎的羊群
能够温暖全世界，首先需要温暖自己

观竹听风

阳光无法普照
一根一根的细线在林中舞蹈
风来来去去，不是因为我
也不是因为某一片竹叶

我是城市的俗人
虚伪而狡诈，内心充满了破坏的欲望
常常把自己弄得疲惫又高傲、绝望又昂扬
万物生长
唯有这翡翠似的竹让我安静

无论山涛在朝野还是在竹林
他都不是我的友人
我只等一场春雨
打在我身上也打破土而出的笋

此刻，我只是秋风江上的一根鱼竿

在兰花与石头的梦里

此刻，拂过我黑发的风

是千年前游牧者紧紧追逐的青草

雨轩忆梦

雨像白色的瀑布悬挂窗外
我所熟悉的人在瀑布后面，来来回回
一次次，默默无语
而我已经坐化为一尊石像
任凭心在石头里呼唤、哭泣
任凭来来回回的脚步渐渐冰冷

我感到大雨总是来得及时
就是在这个时候，窗外的人儿
像闪电来临，照亮我沉闷已久的心
就是这个时候，窗外的人儿
像白素贞出现在断桥之上
从此改变了许仙的命运，悲与喜
谁能说得清

雨滴淹没了雨滴
我无法向天空发出质问

秋天到来的时候

成熟的果实挂在谁家树的枝头

是谁浪迹天涯，在大雨倾泻的时候

默默地捡拾记忆的礼物

浴露采菊

沿着那一条细细的小路，慢慢地
走向南山，想着虚无的事情
草叶上是谁的泪打湿了我
冰冷和滋润的感觉浸满了我的心扉

然而，大地遥远
大地之上，一簇一簇摇曳的金黄
缠缠绵绵抵达朝霞初升的天堂
我的脆弱，让我无法掩藏
眼睛里发出热烈的光芒

在露珠闪亮的清晨，许多清瘦的人
收藏过大地之上流动的黄金
一叶叶的菊香，千百年
依然沿着弯弯曲曲的山路
不断地将一个又一个路人
醉倒在秋天的山野里

仿佛有一种原初的种子正在萌动

天地合上又打开

去而复来的风把我掏空

又将我长发飘扬成一面旗帜

这个秋天，我独自悬挂

在开满菊花的南山

把一生的时光——检阅

——清洗

梅边吹笛

爱人站在开满红梅的树下
轻轻地，轻轻地
吹一支横笛

我在远处，远远地欣赏她
我不鼓掌，也不呼唤
也不走近
我只是远远地欣赏
欣赏她，欣赏花
欣赏竹笛里流淌出来的山泉水

爱人站在开满红梅的树下
轻轻地，轻轻地
吹一支横笛
我只是远远地欣赏
我要把这装裱成一幅画

风 无处不在

"你可以得罪一个忙人 但
千万不要得罪一个闲人"
一个饱经风霜的智者
怜爱着一个斗志昂扬的年轻人

忙人在忙着自己的事情
而闲人像风
只要有一场风掠过
没有任何事物还会是原来的样子
正如抖去了华美长袍上的虱子
情感上的伤痕却无法消逝

风的杀伤力，以及风所挟带的污浊
谁 能够躲避
在这座外表高雅的城市里
并不是所有的人都有着贵族的品质

"穿别人的鞋

让他们去找吧"

空气中飘荡着黑蝙蝠的声音

而风又将这声音扭曲得如此狰狞

花　年年会开

一朵开得正艳的花
孤傲地挺立在我的桌子上
像一位高贵的公主　漠视一切
兀自吐露着芬芳和美丽

晶莹透亮的玻璃长瓶擎着青翠的花茎
我注视着她　在朦胧的灯光下
缥缈的思念将我氤氲
远方　一只鸟的飞翔若有若无
浅浅淡淡的情绪便化为一片一片的花瓣
美丽而忧伤　丰满和滋润着我的心灵

我不知道花的根在何处
就像此刻　我不知道你在何处漂泊
寒冷的风从窗缝里钻进来
我看见花的内心打了一个趔趄
远方　是否也如此寂寞

如此冰冷

离开枝头的花儿　与我相依为命
亲爱的　我一直非常清楚
花儿　开了就会有凋零
一朵枯萎的花儿
依然会有一颗不死的心
年年绽放　在你曾经经过的路旁

雪 不会一处久下

冬天就该如此寒冷吗
还记得最后一片黄叶在风中无声地飘零
清晰的脉络犹如我掌心的纹路
看相的老头眯着眼　摇头晃脑地告诉我
每一条纹路都是曲折的

冬天就该如此寒冷吧
长久的流浪　习惯了　忘却
盈盈飞雪中　单衣嬉戏的欢笑
城市中缤纷的色彩和喧嚣的声音
迷失了所有的白天，以及所有的黑夜

冬天就该如此寒冷呀
爱与恨的较量　有了结局
最后一片荒野被一场大雪覆盖
红鬃烈马在苍白的阳光下如一道闪电
雪白的大地上凌乱着白雪的足迹

冬天就该如此寒冷啊

冰封了污浊的河水　以及

腐朽的气息　不必畏惧

伸出双手　纵然有漫天的飞镖

也无法刺伤信念的根

月　有阴晴圆缺

嫦娥的广袖挥舞了几千年

挥不去桂花酒的醇香

八千里路云和月　掩不住

英雄的豪气　把盏邀月　醉舞乾坤

月光盛满了李白的夜光杯

三人对饮　依然

洒在了苏轼的窗前　难以入眠

独自怅然追问　今夕何年

不应有恨　却一尊还酹江月

无言独上西楼　月如钩

要钓谁的心事

姑苏城外的客船　载不动

几多的柔情与愁绪

子规叫断黄昏月

佳期未卜　人何处

泪眼相看　千里万里

相思处　月明今夜

何时照得彩云归

月的灵魂　月的精神

月的情感　月的梦境

只有在中国才如此生动

如此温情

离开了中国的月

只是一颗冰冷的星座

孤悬

在遥远的太空

中国的月啊　夜夜高悬

映照着中国人心中的阴晴圆缺

今天这个日子

非要说出今天和昨天和明天有什么不同

那就是昨天和明天我都要出门，都要见到一些可见不可见的人

我知道，昨天和明天，北方的天空一样的阴冷和苍白

我的思念如同即将来临的雪花，不可阻挡地铺陈在每一个角落

而我，像今天一样，躲在高高的顶楼之上

一个人，在妹妹遥远的问候中独自举杯

蹚过烈酒的高度，去窥探一些灵魂的温度

只有一只蚂蚁或者一条水蛇，才知道生活的地面有多少暗河

多少无法承受的挤压和岁月轮回中的炎凉

我在夜色尚未褪去的早晨醒来，不愿烦琐的日子在今天出演

装扮成一个少年英雄，穿越到南宋最后的奢华，准备了一把
　　龙吟剑

却一直在想，长剑又如何能抵挡，蒙古大军和历史的铁蹄

就像腐烂的东西，必然会有一些寄生物，不管你有多么厌恶

中午，我打开所有的窗户，依然苍白的日光没有温暖我

而阵阵北风却妄想挤进来刺痛我，让我的身体承受风寒的痛苦
但我相信，经年的风蚀，我已经是一块顽石
即或破碎，也是更多的顽石布满我前进的道路
现在，我必须休整，准备在更加惨烈的战争中冲锋
我的命运，注定是起伏坎坷的旅途，没有人能打败我
除非死亡，不，死亡的也只是我的肉体

夜色来临的时候，我听见寂静的声音，诉说地老天荒
一天的时光就是一生的时光，与我的血脉一起跳动的亲人
还有青葱岁月的少女，成为我生命中舞蹈的幸福
今天没有见到任何人，但不能说没有人走进我的生活
就像这首诗歌，要结束的时候，我一定会若隐若现
把我思想的内核卡在下一个日子的开头

端着一杯葡萄酒就是端着你的人生

透过一杯葡萄酒

你将望见前世的轻狂

有红宝石之热烈，仗剑走四方

有琥珀之温润，沉醉于温柔之乡

有月光之清凉，醉卧边关沙场

而今，生于荒漠，雨水丰沛的年份

努力生长，被挑选，被酿造，被窖藏

人生必须有一场痛痛快快的沉醉

或者一次寂寞的微醺

有情有义之人，终会端着一杯葡萄酒

浅唱低吟，抑或举杯高歌，无关风月

其实，端着一杯葡萄酒

你饮与不饮，都是一幅画

那光，那影，都定格在最完美的

一刹那

想去大漠深处

人世间总有许多的定义和规矩
像孙悟空头上的紧箍咒
突然响起在自己奔放的时候
一次又一次的冲突与较量之后
爱与被爱都变得卑微而可笑
激情与疼痛　　绚烂与哑默
布满了天空

为何不能
冲破生命的种种禁锢
我想去大漠深处
策马狂奔或者静静地仰卧
只有我
只有天地大漠

金色的麦浪

你们陶醉于

它温暖而灿烂的颜色

顺着风

一片柔顺的壮观

此时，你们在迷醉中拥抱

热吻，与情人甜言蜜语

有人忧郁而沉重

独自端坐

在每一根麦芒上

被太阳灼伤

被雨淋入泥土

而感觉不到麦芒刺入

肉体的疼痛

丛林法则

一场突然席卷的狂风暴雨，疯狂地吹打着

大树、小草、藤蔓，它们拼命地挣扎

坚守着自己微弱的命运

那些傲慢的狮子

嚣张的狼群

还有闲散的大象

早已了无踪影，它们瑟瑟发抖地躲在暗处

等到风平浪静，阳光明媚

它们就会出来巡视，一如既往

这热带丛林的衰败与它们毫无关系

或者，只得到它们的嘲笑和蔑视

这些狮子、狼群、大象，抑或别的野兽

不会明白，这些绿色的坚韧的植物

才是丛林的主体

它们熟视无睹，它们互相提防

互相伤害，当然，它们更喜欢遇见

那些柔弱的温顺的肉体

橘子红了

搬新房的时候买回一棵橘子树

种在客厅的花盆里

这棵树一直都在开花

一直都在结果，整整一年

终于把我搞糊涂了

这个季节，到底是什么季节

其实，想明白又有什么意义呢

花朵也好，果实也好

对于每一个个体而言

生命都只有一次

盛开与成熟

无论在哪一种环境里

都要有一种绚丽之美

茶坊前一棵酒瓶椰子树

在一个茶坊门口看见它

我走过去了，又回头

来到它的面前

我一直不敢承认

我与芸芸众生一样

追逐茶的含蓄与温顺

但内心却更爱酒

那种烈性的纯净的液体

就像眼前这棵酒瓶椰子树

无视过往的茶客

孤独而傲然地挺立

活成自己想要的模样

伪装

我一直努力优雅

画眉、描口红、穿高跟鞋

养各种各样的花草

甚至开始写诗

我极力掩盖的本性

还是被人发现了

好吧，我承认

我有强暴力倾向

隐藏

在我的文字里面

江湖恩仇录

有人的地方，就是江湖

快意恩仇，是因为心中有爱

爱人，爱物，爱一件事

但是江湖大道上，群魔依然猖獗

于是，你的地盘也不能由你做主

于是，你的人生就是江湖

一场又一场突然刮起的狂风

无法阻挡，不必阻挡

一声长啸一声狂笑

如一道闪电

刺破瞬间的黑暗

大侠远去，江湖还在

你知道，黑暗之后还是黑暗

闪电之后，总还有闪电

希望

那么耀眼的金黄，扑面而来
猝不及防，我不知道该惊喜还是惊慌
我想要的美，也许就像这灿烂的辉煌
转眼之间就会随风而逝
仿佛从来就不曾存在
然而不早不晚，恰巧让我遇见
从此，就有一片璀璨的黄叶
落在我的心上
让我疼痛，让我发亮
让我替这一片黄叶活着
活在这难堪的世上

新年寄语

岁月如河，呼啸而来，又呼啸而去
傲立大河之中，看泥沙俱下
看一样的风霜雨雪，人们不一样的神情
看自己被冲蚀的痕迹，才发觉
经历岁月的历练，能拥有的能量
越来越少，越来越弱，才明白
能扫清各人门前之雪都是一件不容易的事
关注他人瓦上之霜是一件多么可笑可悲的事情
这个世界，热热闹闹
熙熙攘攘，谁来拷问自己的灵魂

岁月如河，呼啸而去，又呼啸而来
我已无法屹立，无法阻挡
那些泥沙，那些污浊的漂浮物
被冲刷，被腐蚀，被打磨
我已是一块越来越小，越来越不坚强
越来越不能坚守自己立场的石头

然而，我越来越明白，这个世界那么大

有所为，有所不为，才是我

守住自己的唯一选择

三月的秘密

一粒饱满的种子苏醒了
无数柔软的根须扎进荒芜的土地
娇嫩的枝叶青翠欲滴
像少女眼中盈盈的水波
像情感中最温柔的部分

那些阳光明媚的日子　沉醉于
浪漫的风和喃喃的低语
记忆中翩跹的蝴蝶和悠扬的笛声
以及湖面粼粼波动的银色月光
使我迷失　一切深刻的思想
都显得多余　像枝头娇艳的花朵
在果实甜蜜的成长中
温馨地飘零

啊，三月的秘密是无法言说的秘密

一场做了多年的梦　至今
还酣睡在三月那一朵未开的花蕊里

第四辑

游走在岁月深处

野荷

南国最娇美的女儿　远嫁西北
用天籁般的声音　在大山深处
深情地呼唤我

阳光与风奔跑的日子
我与你相逢
仿佛经历了爱与被爱之后
在无人的夜里
构思一个精彩而完美的回忆

每一朵亭亭的野荷都深深地刺痛了我
饮着苦涩而孱弱的溪水
面对龟裂的大地和八面来风
那高蹈的身姿和傲然的灵魂
使受伤的雄鹰战栗　横空出世
一瞬间　希望高过生命的极限
将曾经的梦想呈现

我枯死的守望

挺立成千万颗桀骜不驯的头颅

野荷啊　我是你失散多年的姐妹

此时　我已找回我的灵魂

漂泊者

站在苍茫大地的深处

陷入八面来风

回望路过的山川坠入黑夜的幕帘

我无法高亢地歌唱　感动谁

徐徐开启我沉重的心门

天边划过的流星

不是我闪亮的誓言　没入

无边的黑暗

一百次　我离开家

披着风的衣裳

从心灵边缘出发

风景延长了梦想的远方

流浪过九十九道山川

漂泊成了浪子　渴望

一份真实的感动　猜想

抵达天堂的路并不遥远

掠过头顶的大风

吹落了缤纷的花瓣

却扩散了躯体内血性的意念

思想的蒙难者

不惧跋涉的艰险

孤独地行走　必须学会

轻视苦痛和掩盖伤口

漂泊在岁月的河流

故乡之恋和亲人的期盼

种植两岸

如春季的水草恣意蔓延

打铁

张打铁　李打铁

打把剪刀送姐姐

——题记

让炉膛里升起熊熊的火焰

让铁砧上火星飞溅

让我强健的肌肉上滚动着淋漓的大汗

姐姐　今夜一定要送给你

我亲手打造的铁剪

尽管你十指惨白　姐姐

你拥有我倾力打造的铁剪

在月色美好的夜晚

剪浪漫的窗花

在阳光灿烂的日子

剪明媚的光阴

在雷雨交加的时刻

剪断乌云和闪电

飞吧，飞……

只有一只小鸟，在天空飞翔
在暴风雨即将来临之前

暴躁的北风惹怒了疯狂的乌云
天空糜烂的伤口感染了尘世
道路和原野发出纷乱无序的喘息
一只小鸟在天空飞翔
一瞬间有人想了一想
那只傻鸟啊

独自飞翔的小鸟
它鸣叫、飞翔
奋力地扇动翅膀

人在旅途

低头的刹那　才发觉

绿意盎然的日子逼近秋的尾声

高昂千年的头颅

一朵含苞欲放的莲

遭遇一场连阴的雨

没有人看见

泪水沿花瓣一滴滴落下

深深地浸入自己的血液

人生常常犹如一个人的历险

三千里蛮荒　听午夜狼嗥

三千里箭阵　独自疗伤

三千里花香被红尘流放

谁和我击退黑夜中刀光剑影的追杀

让圣洁的莲花绽放

我不能停下来忧伤地唱：

我的心是玻璃做的

迷失或追寻

一座无边的迷宫

所有的灯火一起闪烁

所有的道路都在移动

我沦陷其中　不由我

想起　海子的诗句：

风后面是风

天空上面是天空

道路前面还是道路

永远的奔走

永远的希望、受伤、掩盖和斗志昂扬

就在这牧歌遥远的深深迷宫

十万只酒瓶顷刻倒地

十万扇门户洞开　而

另十万扇门户同时紧闭

十万秃鹰在昏暗的天空低低地盘旋、嚎叫

让我流浪　手持烛光

怀揣信仰、纯粹、爱戴和荣光

禹迹山大佛

不远处滔滔的嘉陵江水
与遥远的恒河一样皆为无常
但此刻无须说法，无须涅槃
站在这里就是一个昭示

佛背靠山顶面对众生
脚下是江风穿不透的草木
多少人跪拜，却不能看见
佛的双腿与山体相连
而身心已超然物外
超然于刹那间的永恒
一只无畏手印，给我安慰
一只与愿手印，给我如意

每一步陡峭的石阶都是一次修行
我必须一步一步认真地攀登

才能到达佛前，饮到佛后甘甜的山泉水

在世间做一个慈悲的人

老龙潭

阳光一望无际　一泓清潭
像晴空深处蔚蓝色的梦幻
像大地深邃的思想

我站在岩石之巅
恍如成吉思汗迎风而立的远眺
西北山区的仲夏
风如此清凉　犹如荒芜的前世

当年的大汗一定也曾希望
远离金戈铁马血肉横飞的沙场
把老龙王最美丽的女儿娶做新娘
陪她在潭前梳妆
把足迹双双印在
白雪覆盖的大地之上

胭脂 [1] 峡

无法想象　美人与峡谷融为一体
屹立成古道西风的形象
长长的道路已抛在了身后
越来越缤纷的想象　像阳光
洒满了无尽的前方

我听见无数匈奴男子悲怆而雄浑地合唱：
"失我焉支山，使我妇女无颜色
失我祁连山，使我六畜不蕃息"
在我水灵灵的视线之外
大风中绿衣绿裤的匈奴女子侧身而立
飞扬的长发半掩着酡红的面庞

秋天的落日辉煌而又凄凉
胭脂峡　胭脂峡

---

[1] "胭脂"之名由曾繁衍生息于此的焉支氏的"焉支"谐音而来。

在粗狂而坚硬的西北

每念一遍

心中就会滋生几许如水的情丝

秋千架

这是一个风和日丽的夏日午后
我带着一身荷叶的幽香
带着泾水源头清泠泠的水声
带着胭脂姑娘忠贞的爱情
在崇山峻岭的深谷中迤逦而行
车里有多少人　我不关心
有多少开心的欢笑声
我也不知道

天空辽阔而高远
群山如剑锋直刺云天
而山峰如此渺小　客车如此渺小

秋千架　一声惊呼
没有惊扰峡谷中悠悠的流水
却巍峨了两岸峭立的崖壁
仁者乐山　智者乐水

这就是穆桂英乐于飞荡的秋千架

我臆想中雄姿英发的红装女子
在千军万马中所向披靡
当旌旗卷暮云　篝火熊熊
纤纤细步摇曳　万种柔情
当朝霞染红天边　清风徐徐
以峡谷为秋千架　荡胸生层云

客车远离了这方灵秀而神奇的土地
我的心却遗留在了秋千架上
事业与生活　在天地间
我不知道　该如何
越
　来
　　越
　　　高

原州：在秦长城上眺望远方

沧桑了千年的秦长城　迎着晚风

在空旷而荒凉的黄土地上　孤独蜿蜒

而我是一枚被时间遗落的古钱币

锈迹斑斑的躯体为青草鄙视　又像是

一块被战争粉碎了的青花瓷残片

被岁月侵蚀　留不住虫蚁的步履

这是一个深秋的黄昏　夕阳

映照着大地　也映照着我

缓缓地走上破败的烽火墩

恍如一支被风霜锈蚀的长剑

插进历史最深的褶皱　再一次

面对天空飞溅的鲜血　面对鸦群盘旋的黄昏

历史的狼烟被风吹散

破败的烽火墩　耸立在历史和现实的入口

无论向前还是向后　我都不能

小溪

没有人比西海固人更懂得，生命之水
是自然界巨大的恩赐
这涓涓细流，流淌在辽阔的高原上
流淌在所有人的心上
有水的地方，就是天堂
有青青的绿草，有安详的牛羊
还有隔水凝望的少年郎，这一望
鲜花盛开，唢呐声声嘹亮
这一望，时光流转，又静止
如溪水年年映照桃花，延续生命

路过水洞沟

伫立在水洞沟遗址

恍如翻阅着我的前生和今世

我是高大的女头领

带领一群剽悍而淳朴的男子

在丰茂的草原上猎杀犀牛

成群的鸵鸟在我身边嬉戏

水灵灵的小草让羚羊品味着幸福

突然降临的灾难

我无法防备

也无法了解

一段美好而简单的记忆

寂寞地悬挂在断崖上　几万年

任猎猎的朔风吹打

任碧绿的海水干涸

任波涛一样的野马绝迹

任我的子民神秘地消失

漫步在蜿蜒的明长城上

我怀念着那一串磨制的鸵鸟骨项链

却想不起女儿当年的模样

就像现在

触目的是破败的断崖

和毛乌素沙漠无边无际的迷茫

登花马池北门

一座城池孤悬西北

日出：大漠、雄风、胡马、鸣镝、刀光剑影

夜晚：沙似雪，月如钩，一声柳笛千声叹息

岁月老去，一代又一代人渐次消隐远去

我在人群中独自一步一步登上城门

十米高，七米宽，在平坦的大漠上依然雄壮

我仔细寻找地砖上凹凸的脚印

寻找——城墙上刀箭的伤痕

点点滴滴暗红的血迹

武士铠甲上斑驳的铁锈与沙粒

可是，我什么也没有找到

一切都是新的，就连城墙上飞舞的龙旗

空气中似乎都散发着绣女的体香

亲征噶尔丹的康熙在此阅兵的时候

应该也是这番景象

我遥望着南门，与城墙上的康熙对视

得人心者得天下，得天下者为苍生

如今，城门上下人群熙攘
他们与我一样，劳碌、抗争
然后沉默，终将逝去
城池却换一个名字，弥久愈新

在骊山的索道上

我　一个自命不凡的人

总是桀骜不驯

然而　在骊山的索道上

我看见了

一个风云一时的男人　和

一个千百年来让人魂牵梦绕的美人

一个被钉在了山腰

一个如白莲仁立在山脚的华清池内

突然之间　我感觉到

我是一个多么平凡的人

像满山的草木

枯荣是一件多么自然的事情

上山时满怀激情

但下山时

我很平静　只想着

在一张小床上安然而眠
是一件多么幸福的事情

五月，在沙湖

五月，火热的夏天即将来临
而此刻，在宁夏，在沙湖
依然春寒料峭

远方的贺兰山，父亲一样
阻挡着北风的侵袭
脚下独善其身的沙丘
与蔚蓝而明净的湖水和谐共处
一簇簇芦苇独立而遒劲，每一根
都如英雄缓缓拔出的青龙长剑
湖面上，天空下
千万只候鸟在朝阳里，在晚霞中
起起落落

面对美人鱼、西夏王宫、丝绸古堡等沙雕
我就是一个流浪的艺人
独立于时光隧道最隐秘的边缘

五月，你必须来到宁夏
把自己交给沙湖，其实
就是把自己交给世界，交给尘世
交给漫长的一生

白马山下

骑白马的不只有王子

还有唐僧，可我却如此固执

认为白马生来就是孤独的

孤独到寂寞、孤僻

孤独到远离尘世

在遥远的天边，空无一物的大地上

昂首独立

正如不远处的白马山

默默地承载着一颗又一颗

归于安静的灵魂

清水河畔

长在清水河畔的人们眉飞色舞
谈起清水河的故事
就是谈起自己的快乐与梦想
就是谈起生生世世的幸福与满足
他们的渴望就像我对爱的渴望
尽管爱如流水，时隐时现苦涩难当

再见阿拉善右旗

你抬头与不抬头都可以看见

天与地，白云与黄沙

在阿拉善，你就是天

高远，辽阔，无处不在

你就是一粒沙子

细微，个性，互相包容

你，就是沙漠中冒出的一点绿

倔强，美好，生机盎然

我与我在阿拉善相遇

一个寻找打制石器的记忆

一个诵读刻在玄武石上的诗篇

在阿拉善我与你相遇

相视一笑，大东山与桃花山立刻霞光万道

巴丹吉林镇上的羊拐广场

我解开长发，抬头仰望着你

看着你取下红色围巾，像献上哈达一样

围在我的脖子上

把温暖紧紧地围在我身上

风有些冰冷，从旁边吹过去了

传来普列维尔低沉的咏唱：

一千年一万年

也难以

诉说尽

这瞬间的永恒

那个正在发育的小姑娘

她的身上流淌着蒙古族和汉族的血液

她像一只活泼的小鹿跑过来

告诉我们，这里叫作羊拐广场

因为羊拐象征着团结象征着吉祥

我们像个听话的孩子

围绕着广场转了三圈又三圈

在巴丹吉林镇，你不要问一个姑娘
格日勒是什么光芒
蓝蓝的天空上
灿烂的是太阳，宁静的是月亮
它们每天都挂在人们的头顶之上
有人在纸上写下善为至宝
有人在石头上刻下大爱无疆
美丽的格日勒啊，我只想
在巴丹吉林的羊拐广场上
慢慢地游荡

我的巴丹吉林

我敞开怀抱，等待着你的归来

外面的世界，诱惑太多

万紫千红，也不要迷失自我

自从你离开

巴丹吉林的沙丘在日夜歌唱

歌声里有芨芨草的希望　　天空的辽阔

有你有我昔日简单的快乐

外面的世界，充满了诱惑

夜深人静的时候

在你的心里

有没有一个秘密花园

开满了火红的花朵

满天星光，谁与我饮一壶老酒

饮尽那一百零八个湖泊

风儿吹过，蓝天上白云朵朵

我骑着阿拉善沉默的骆驼
一个人，走在金色的
金色的巴丹吉林大沙漠
天边传来一阵悠扬的情歌

归隐升钟湖

伫立山腰，望着海洋一样辽阔而蔚蓝的湖水
静静地把群山推入苍茫的远方
罗氏的骑兵化作遍布群山的树木
覆盖了所有的道路、牛马以及李封观青色的瓦

我的后背生出无数只手
将逶迤的山峦恣意涂抹
一点鲜艳的红，几朵馨香的黄
浓重无际的绿色之中三两点白色的屋顶

我的目光只留下岸边一两个孤独的钓鱼人
只留下湖面上大大小小形状各异的岛屿
和湖面上点点闪烁的阳光
默默细数，一个个名词隐于红尘与历史
太子湖、百岛湖、升水湖、升钟暴动、升钟水库……

我不愿打破此刻的宁静

伫立在画布中央，从春到秋，从夏到冬
没有忧伤，没有快乐，没有欲望
也没有楚楚动人的模样

红河谷

无数次洞穿秦岭，在火车的轰鸣声中
感觉自己如此渺小，如青草之下
一粒细小的石子，随一阵山风滚落
发出的声响被几声鸟鸣淹没
而鸟儿，被满山的树枝淹没

山峰将蓝天裁剪，如一枚桑叶
遥望头顶的半朵白云，我知道
另外半朵，在南方，或者北方
化作屋檐的雨滴，化作飞舞的雪花
从我眼帘上滑落，归于大地深处

这个八月，不用暗度陈仓
以诗歌之名，在诗经的故里
我们从四面八方如约而至
瀑布怒吼着，飞泻而下
天空更加高远，山峦更加险峻

为了高于青草一寸，为了在山头
看群山逶迤，看云海在远方
唱一首情歌，我们爬上峰顶
诗人包苞用比他肚子还大的相机
对准我们拍下了
两座高峰，横亘南北

宝鸡

在我的心中

宝鸡是通向故乡的门户

无论漂泊多么久远

多么艰辛

只要路过宝鸡

回到嘉陵江的源头

游荡的灵魂就回到了肉身

忧郁的眼神开始发光

亲人的身影渐渐清晰

寒冷的空气骤然变得温暖而湿润

无论人生，还是旅途

我们都需要一个起点

需要一个中转

让梦想高飞

让心归于内心

走过青海

神的泪水　覆盖着高原的嶙峋与苍凉

茫茫苍苍的蔚蓝　深邃而忧伤

白头的日月山静静伫立　在不远的

远方　宝镜里长安的夜晚胡笳悠扬

着了霓裳羽衣而来

而众神已去

千万匹秦马与汗血宝马疯狂交合

如今，只剩下黑颈鹤与裸鲤的爱情在湖面荡漾

心如宝镜随倒淌河汇入瑶池

那咸咸的　是骨头里的盐

谁是黑纹白质牛身豹头的水怪

潜伏在四面山峰环绕的水底

我是一个俗人

来自喧嚣的城市

当一个红衣喇嘛从金银滩草原缓缓走过

我竟不如那一群群肥壮的牛羊

那么专注

那么安详

日月山

众神归隐　王母娘娘成为一个久远的传说

在青藏高原　在青海湖东岸

日月山一如既往的高傲　岿然耸立

看尽丝路的繁华与苍凉

看河水东流或西归

或浩浩荡荡或涓涓流淌

看云朵像大天鹅在湖心飘荡

任狂风吹过　任沙暴肆虐　任大地断裂

而我注定是一个过客　在日月山下

平行滑过　无法翻越

这多么像我的命运　前生和后世

与日月山有关

而此刻　日月山只是一段时光

被导游嫁接　被我无言埋葬

在青海，我只是一个牧人

在青海草原，我突然发现我是一个牧人

有鹰一样的眼睛

有猎人一样的嗅觉

有发情期公羊的躁动

希望漫山遍野都是涌动的羊群

把开得正艳的格桑花覆盖

夜行草原

此刻，草原一片寂静

完全没有了阳光下饱胀的情欲

一弯残月冷冷地高挂天上

牛羊都已归栏

冰凉的夜风只好自己追逐着自己

一辆大巴车独行在草原上

曲水流觞似的诗歌比赛

让草原之夜有了流星一样的灵魂

青海湖

我喜欢叫它青海而不是青海湖

在中国的西部

在世界屋脊的高原上

这里是人烟稀少神仙出没的地方

应该有一片孤独的海

它苍苍茫茫又蔚蓝深邃

等着同样孤独的我的到来

我有一栋房子，历经风霜

在绿草茵茵的山坡

散落着星星点点的木屋

所有的窗户上挂满了火红的花朵

山风散漫地缓缓吹过

湖水缠绕着绵绵的群峰

世界如此之大

这个秋天　　在瑞士的高山上

我的白发如一朵雪莲

为你盛开

在鄂尔多斯草原

狂风呼啸着扑过来
掠过我，掠过无边的大地
这来自蒙古高原的雄风
湮灭了成吉思汗的铁蹄
越过了忽必烈的马队
挟裹着漫天的砂石
一次次妄图将我击退

而我，来自西夏王府
来自六盘山下，来自巴蜀大地
风和血，就像水与酒
一举饮下，独立草原
让衣袂飘扬成一面旗帜
马兰花在我脚下盛开
绵延，像一片云彩
布满天空与大地

驾越丝绸之路

将万丈红尘抛于身后，马达轰鸣
整个世界，唯有马达轰鸣
黄沙在奔腾、翻卷，弥漫于天地尽头
我的黑发飞扬，如风中猎猎战旗
英雄仗剑江湖，而我一驾独乘
在茫茫大漠

潜伏于血脉深处的冒险情结
被异域的风情唤醒，牵引
放逐我日渐沉重的肉体，燥热的空气中
锈迹斑斑的铠甲淹没在一棵青草之下
一次又一次生命的极限
只隔着漫漫黄沙中坍塌的城堡
只隔着风沙中一间歌舞曼妙的胡姬酒家
以及侠客留下的半碗烈酒

这一条充满了神秘、生死、异域风情的道路

属于孤独的鹰，属于寂寞而清脆的驼铃

百年，千年，历史的风沙愈来愈浓厚

驼队归隐，马嘶人喊的城堡湮灭

我一驾独乘，在天池洗净尘世浮华

穿越马斯喀特风云变幻的沧桑

远离帆船酒店的金碧辉煌

在沙特阿拉伯浩瀚的沙漠上

与哈曼丹王子种类齐全的越野车

疯狂奔驰

第五辑

浅唱低吟抑或独语

龙爪菊

尽管与农民工这个称呼不同
表面上看来，它一定不是来自遥远的非洲
有一种我花开后百花杀的霸气
有一种龙行天下的帝王风范
其实，满怀苦涩的汁液，在贫瘠之地
只要有光，它就能勃勃生长

夜晚降临

一片漆黑，纵有点点灯火
也不能照亮这个世界
于是平心静气，闭上眼睛
停止思考，但不同于死亡
黑夜被撕裂，一缕光穿透厚厚的云层
整个世界依旧芳华正茂

月光如水

高楼林立的城市，看不见
一片皎洁，月光洒在原野上
是清凉如水还是浪漫无边
其实都和月亮无关
就像此刻，一个人在空旷的街头
游荡，另一个人不知道在何方

风声鹤唳

在历史深处，仓皇逃窜
一直找不到出口
一如现实中的我
听风就是雨，从什么时候开始的
我想了又想，想了又想
还是搞不清楚

雨雪霏霏

望文生义，这是我的本能
雨夹雪的天气多么美好
因为霏霏，轻盈中带着泪滴
雨雪霏霏，行道迟迟
突然有人告诉我
雨不是雨，是下雪的下

早高峰

远远望去，一片星星之火

天色还未明亮，汽车的尾灯在大地上闪烁

却无法用璀璨来形容，单一的色彩

他们是不是有着相同的心情，我无从知道

同一条路上的人们，同样地奔走

一定有不一样的结局

红灯停

十万个为什么也不会给你解释
你只有停下来，等待，愿不愿意
必须顺从，一只无形的手
命运就像十字路口的车流
或许流畅，或许困顿
或许，还有各种意外发生

玫瑰花瓣落在白菜上

这就是生活。浪漫与美好
犹如玫瑰花盛开在阳光下
一丛丛绿油油的小白菜生机勃勃
白发的母亲佝偻着腰身拔起一棵白菜
多年以前，她与女儿一样，喜欢仰望天空
喜欢落在白菜叶上的玫瑰花瓣

向日葵

命中注定，逐光是一种本能
我们所爱的，不过是自己心中的意愿
爱情悲剧的根源，不是变心
两个人的灵魂即或是两朵黄灿灿的花盘
它们有着共同的方向，但它们
永远无法成为另一个自己

十年

时光改变的不只是容颜
还有你的坚硬与坚持
什么时候开始变得柔软，甚至放任一切
脱下外衣，脱下虚伪的笑
语言变得直接而简单，回到语言本身
然而，回不到最初的梦想

火车摇啊摇

十八岁，第一次坐火车时

在茫茫黑夜里，车站如同一盏孤灯

漫天星辰，天空远比大地璀璨

而天空高远深邃，吹来阵阵凉风

我们留恋人间，因为人间有爱

漫长的旅途成为幸福的摇篮

失眠

你要对付的不是寂静，荆棘丛生的世界
你要对付的还有自己内心的狂躁
一个为生活流离失所的人，肉体或者精神
总有一个无法跟从自己。被自己放逐
被黑夜之刃刺伤，忍住了长啸
任一群野马在原野上奔腾

盛开的寂寞

爱上花儿，是因为一个爱花的人
他爱世上的一切，幸福或者困难
所有的苦难，都变成了
一种奇遇，一段精彩的故事
他走了，花儿有多么寂寞
就开得有多么繁盛

葵海

梵高的葵花高举着十万颗太阳

在天边与云海汇合交融，一片辉煌

葵花们知道，追逐光明

才能光明。历经沧桑之后

每一位智者都会垂下沉甸甸的头颅

与时代和谐相处

旋律

高亢的"花儿"① 在大山里回旋，十里之外

每个人都能听见，每个人都在低唱

高原上没有人不会几句"酸曲儿"②

正如群山万壑之间

必须有一些河水，给坚硬的生活

增添一些温柔的旋律

---

① "花儿"是流传于西北地区的多民族民歌，因歌词中将青年女子比喻为花儿而得名。

② "酸曲儿"，陕北民歌，因其多有暧昧，是黄土高原"受苦人儿"情动于中的心声，常唱得人心里酸酸的，所以当地人称其为"酸曲儿"。

冰糖葫芦

我们欲罢不能，品味着

酸酸甜甜的滋味，一颗又一颗

正如我们一次又一次陷入重复的日子

风吹过树梢，满地落叶翻卷，四散飘零

一片雪花压着一片雪花，无人分辨

六个花瓣或者七粒山楂有什么意义

一个人的冬天

每一个冬天，都有腐烂的气息
在一场皑皑白雪之下
有人一身红装，在大地上如一粒红豆
短暂的耀眼之后，大地上白茫茫一片
犹如荒野中凋零的草木，生死不明
此刻，只有风的呜咽，刮过草木

地下车库

我缓缓地滑入地下，寻找一方归宿
离开灯红酒绿，离开小心翼翼地穿梭
昏暗的空间如一只巨大的胃吞噬了我
又如幽冥地府，我四处张望
渴望见到曾经的亲人，不知道
紧握的双手是否还有凡尘的温度

嬉戏人间

一对孩子在嬉戏打闹，折返奔跑
被父母声色俱厉大声喝止
他们失去笑容，一脸沮丧
渐渐谨小慎微，最终
像父母的影子一样
消失在道路的尽头

小区保安

这是一支特殊的队伍

既不年轻，也不魁梧

他们单兵作战，眼神有些卑微

偶尔也有愤怒，面对那些高高在上的人们

终于偃旗息鼓，咽下一切苦痛

我不知道，他们如何保证自己的安全

笑靥如花

那些娇艳的花儿，独自盛开
路人甲匆匆而过
路人乙怀着惊喜拍下照片发给朋友
路人丙摘下几枝装饰在书房里
而路人丁犹如除草机让花朵零落一地
它们还没有来得及经历自然的风雨

答案

你要的答案，我给不了

就像牛不会告诉你它为什么要吃草

就像孩子喜欢骑旋转木马

但不一定一辈子喜欢

很多事情，自己都忘记了初衷

有些答案，其实就在需要答案的人心里

你怎么回答都是错的

博弈

一个人就是一枚棋子
注定要一面保守一面进攻
或者就是一枚闲棋
一辈子一动不动

决定棋子命运的不过是一只手
却有那么多围观者，七嘴八舌

雪落在高处

那么洁白的花朵

来自天堂

飘落在地上

飘落在沟渠

免不了被践踏被碾压

混为尘世的流水

雪花啊，你要落在高高的地方

在阳光下

孤独地温暖自己的内心

化作大地深处

萌动的新绿

一条狗的命运

我宁愿它们是自由的狼族
成群结队在原野上游荡

困兽

人的一生，应该有两次
奋不顾身
一次为了爱情
一次为了喜欢的事情

一个人的力量是弱小的

不甘被欺凌

却又无能为力的时候

人们心中

就会有一个侠客

快意恩仇，来去无踪

时间让花朵更加璀璨

在春天

不是所有的花朵都会盛开

比如六月的荷花

八月的桂花

以及腊月的梅花

然而，它们都会在春天发芽

风，吹过树林

远远地，你能看见
那一片摇晃的树木
必然是离你最近的
当你置身林中　抬头仰望
被风摧动的树木
每一片叶子都闪耀着太阳的光芒

放牧

这么纷乱的世界

我必然会丢失一些我的羊只

我不会因此失去辽阔的大漠

失去大漠上艰难生长的寸草

失去我更多羊只

茁壮成长的机会

你们看见的三个骑者

是我的幻影

在天空下漂移

石头

经过多少次的打磨，而我依然
是一块有棱有角的石头
我知道，无论是装饰，还是修葺
都不需要，一块有棱有角的石头
不是被遗弃，就是被砸碎，被埋掉

可我，依然
还是一块有棱有角的石头

人生

吹剑长叹　掩不住泠泠的剑鸣

英雄血战在尸骨遍陈的山冈之上
风迷失了方向
而阳光凝成了一地血光

高贵的王伫立在岸边
注视着宽广的河水
缓缓地流向远方
唯余苍茫

美好的夜晚

今夜，没有风声，
只有无边的黑。
我，什么也不干，
只是独自枯坐。

没有去过的地方都是远方

我有着游牧民族的基因吧

喜欢蓝天白云、无边大漠

喜欢一个人流浪

遇见卑劣猥琐拔刀就上

遇见温柔的女子就装进心里

遇见阳光的男人大碗喝酒

整个天地万物不过是一阵风

擦起我黑色的长发

吹动豪情万丈

然后相约，纵马远方

被放逐的王

从前，山高，水长
我们在自己的领地上
骑马放羊
牵着爱人的手吹风晒太阳
看成群的孩子在大地上
嬉戏歌唱
不必鞍马劳顿
不必在都市的烟云里
涕泪长流或者慷慨激昂

在须弥山看桃花

它们在阴山背洼肆意地开放
大千世界，纷纷扰扰
不若到须弥，看桃花漫山遍野
鲜而不艳，孤傲而盛大
开在四月
开在一个世界的中心

迎春花开

在春寒料峭之中，灿然盛开
一簇簇，一串串，热烈也正如此
黄灿灿的花儿加上阳光，才叫明媚
我喜欢它的名字：迎春花
不是春天来了，它才开放
是它开放时，春天才真的来了

哎呀，我的眼睛

几十年前，因为文字

我患了近视

感觉世界朦胧而美丽

戴上眼镜的我

俨然一副知识分子的样子

我以为，打败我的

是岁月，是不能看清眼前

而如今，令我眼睛干涩而疼痛的

却是无法言说的现实

野戏台子

旋转、奔走、甩动水袖
枯死的荒草上夕阳如血
将帅退下，兵丁退下，花旦退下
连眉心白色的小丑也躬身退下
麻雀在戏台上踱着方步
叽叽喳喳

我正在失去

我写下的文字被我反复删改
不语怪力乱神，不传说是非
不妄加评论，却又无从知晓真相
我看着他们一本正经地表演
信与不信，所有的记录
都将成为铁证
被后人拷问

朗朗晴空

晴空一鹤排云上

便引诗情到碧霄

在山顶，我是如此渺小

却并不妨碍我，想起这些诗句

想起过去的美好与美好背面的倔强

于是我在阳光下大雨滂沱

烟雨蒙蒙

一种遥远的回忆

遥远得像一首朦胧诗

充满了无尽的想象与魅力

久居风沙弥漫的北方，干渴的灵魂

止不住眼泪，止不住

那些阴雨绵绵的回忆

花开花落

潮起潮又落，奔腾而来的
是什么？呼啸而去
被卷走的又是什么
是谁端坐在高大的桃树下
披一身艳丽的桃花
独酌清酒

生命之源

北国江南，江南北国

其实生命并没有什么不同

花草树木，鱼虫鸟兽

人来人往的世界，我们需要爱

更需要爱这个世界的一切

美好是因为和谐

和谐才有生命的延续

瑞雪兆丰年

渴望一场铺天盖地的大雪

不是一件浪漫的事

干涸的大地，干涸的窖，以及

干涸的心，都需要一场雪水的滋润

白茫茫的大地上，兴奋的羊群

仿佛看见了满地青草

小路

雪，不会一处久下
雪后就是霁时，就是晴日
而通往老家的路在心中，永远
都是最美的风景

踏青

三月三，早起的人开始栽花种豆
几只羊安详地逡巡在地边，一簇簇野花盛开
轻轻踩在青草上，露水从草叶上滚落
打湿了谁的绣花鞋，这些花草啊
是不是黄土之下亲人的使者
点一炷香，天空就飘起了绵绵细雨

晚秋

辽阔的大地，一片金黄，有一种炫目的美

三头黄牛在风景之外，无视蓝天

无视野花，无视远去的雁叫声声

它们并不好奇，眼前的大树为什么失去了枝丫

它们也不关心，一家子身为肉牛

度过这个秋天意味着什么

它们安静地相守，像一幅画

永久

塬上之秋

世界变得格外美好，色彩缤纷
该浓重的浓重，该鲜艳的鲜艳
好日子不多了，可是羊们并不在意
它们不会忧郁，也不会患得患失
它们在冬天来临之前
把自己养得膘肥毛长，让自己的一生
如秋天一样
美好

家乡的湖

天空高远，大地辽阔
一掬孱弱的湖水
却是一个丰盈的梦境
汗血马疾驰而来，又疾驰而去
牧羊人的皮鞭在天边甩动
我的瘦哥哥在苦苦地唱：
阿哥的肉肉啊，湖水一样……

冬日的新舍

大地安详，十万柴火归垛

十万朵火焰与雪花和谐共处

所有的树枝已脱光了树叶

尚未归来的人就不要归来

关上所有的门窗，围着火炉

熬一罐砖茶，熬一段生活的滋味

如水汽在房间里氤氲，缥缈而真实

听着咕嘟咕嘟的声音，讲一段古今

在夕阳的余晖中，安然入睡

第六辑

散　章

家乡物语

1. 桂花

总有许多美好的东西，在特别的时节，给人们特别的回忆。

秋月春花，虽然美丽，却是正常的轮回。人们对于正常的事物，往往有着不正常的态度。那些娇艳的花朵，都会凋零，在浩荡的春风里。

开在八月的桂花，以花命名，却以香传世。流光之中，那些细小的花朵，或洁白，或金黄，或橙红，小而不哀，艳而不媚，低调而高贵地点缀于苍绿的树叶之中。

那么多卑微的人、狂傲的人、忙碌的人，循香驻足，怅然若失。

2. 竹笋

因为柔弱，所以披上防御的外壳，就像我孤独的内心，需要烈酒的浇灌。

好时光总是转瞬即逝。一朵云不会在天空久留，一棵青草被秋风放逐。破土而出，生命就化作一面旗帜，远离尘埃，在风雨之中高高飘扬。

生命不需要年轮，不需要匍匐在广袤的大地。

除了向上，还有什么可以装满你的心？

3. 江边的鹅卵石

你选择了安静，任万丈浪涛冲刷，任千年风雨侵蚀。浪涛终会退却，风雨终会停歇。

这血与火交织的时光，像一场欲罢不能的梦魇，醒来，又坠入，在无数次竭力挣扎之后，我们在嘉陵江边，彼此怀抱，又彼此隔膜。阳光用无声的语言说道：固守内心，让所有的时光衰老，成为一段过往。

行色匆匆的人间，我们就是一枚枚鹅卵石，遗落在流水不止的河滩之上，混迹于大小不一、形态各异的石头之间。

如此安静。

4. 折耳根

生命中必须有一种极致，征服他人。

这独特的气味，穿透了大地，穿透了岁月。温暖而潮湿的心情，像地下涌动的根茎，四处弥漫。阴冷的大地不再荒芜，因腹痛而哀伤的女子，面若桃花。

时间与空间，被飞驰的列车无限延伸，我们不断迷失，不停寻找，却以失踪终结所有。

不语怪力乱神

一切都太虚幻了。

兰草开花了，栀子花也开了，欧洲玫瑰爬满了窗户。

天空有一颗明亮的孤星，伴随着皎洁的月亮。月光穿透落地窗，将房间照亮。房间是空的，靠背椅是空的，茶杯是空的。

有人在黑暗深处，吹悲凉的埙。

人生就是一场磨难。不断地磨砺，才显出锋利与光芒。我是幸运的，在屡屡的挫败之后，总有一双温暖的手。我是不幸的，一个幽灵突然从幽暗处闪电般掠走了这双如山的手。

我从此爱上了黑夜，万籁俱寂。圣人说，敬鬼神而远之。圣不语，怪力乱神。我一直记得，但是，我宁愿承认我就是一个愚人，我现在愿意相信，在一个夜里，我可以找到蜀中大地上那一棵神圣的建木。

饱食终日

不止于一声叹息，无须任何表情，也不需要任何言语。我像一个刚刚学会走路的幼儿，在房间里面窜来窜去，光着脚，整个世界就在脚下，没有深渊，没有荒芜，也没有瓢泼大雨。

活着，仅仅是活着。门把手是有毒的，电梯是有毒的，电梯里的陌生人刚刚从"地狱"逃了出来，浑身散发着"霉毒"的气息。

无话可说。锅碗瓢盆发出清脆的声音，是整个世界唯一的声音。而虚拟现实里，布满了无病呻吟、游猎者、垂钓者和斗兽场里疯狂的呐喊者。没有隐秘的世界，白天和黑夜紧紧相拥，红叶与雪花握手言欢。

一条环形的魔咒以涨潮的形式袭来。茫茫的沙滩，偶有巨大的礁石，孤单而陡峭，被潮水一下又一下冲击、淹没，然后一次又一次裸露，一副湿漉漉狼狈的样子。夕阳最终在礁石上染下了最重的色彩。

散落的古籍摊在布满灰尘的书桌上，那一杯冒着热气的茶水，到底是什么颜色？餐厅里传来吮吸鸭脖的声音。

所有的日子，不过如此。

恍兮惚兮

风从哪里来，并不重要。重要的是，风来了，之后，一切都不一样了。

人们在大地上奔走，喜笑颜开，不只是因为一朵花，还因为一粒米；或者唠唠叨叨，抱怨着无能为力、毫无瓜葛的事。

秋天的胡杨林，燃烧着一片金黄，生命在最绚烂的时刻，翩然凋零。似乎只有短暂的美，才是最震撼人心的。是的，麻木的心，必须以强电流震颤，让它复苏或者死亡。

有人说，这样久了，会疯。而我，只是忘记了窗外的风花雪月，回到了四季分明的山间小路。一个穿着红衣的小姑娘，在认真地辨识父亲指认的植物。

成熟的稻子，会低下头。一个人是不是一定要经历生死，才会放下书本，穿过花园，穿过拥挤嘈杂的街道，与美人擦肩而过，走向开满兰花的山坡。

天地一片漆黑，我喜欢这样的夜，嗜血的猛兽已经安眠。理想的色彩如同远古神话，玄幻而神秘，却吸附着一个人的灵魂。

站在辽阔而空无一人的大漠上，风吹过来，又吹过去。一个声音从远处传来：恍兮惚兮恍兮惚兮……

常思一二，不想八九

我只能赞许，那些一面哭泣一面追求着的人。

——帕斯卡尔

我跌倒，在巨大的冰面上，我看着地下的自己，我知道，无论多么光滑，我也必须站起来。

下雪了。有人将雪堆成了弥勒，有人将雪扫进了下水道，有人在雪中打闹。而万物在雪中静默，没有人发现，一只鸟儿从苍白的天空飞过。巨大的天空以及天空巨大的空，让这只鸟儿化为乌有。

时代的阵痛注定了诗人的敏感，"生年不满百，常怀千岁忧"。我感觉心脏搏动乏力，不正常的安宁生活让我恐惧。像房子里所有的花草，貌似葱茏，却已进入冬季的休眠。

我一面沦陷，一面挣扎。生命无法轮回，而血脉永远传承。即使命运之剑刺中了我的心，我依然记得：常思一二，不想八九。

就这样，我毁灭了什么，又期望着什么，走向明天，走向原野。

行成于思

我走来。在大雪纷飞，晨曦尚未生起，天空将白未白之际。世界一片静默。不，静默的只是这夜色，以及这夜色与严寒笼罩下的万物。

所有的黑暗都会被打破。如同屋檐下扑棱棱飞翔的蝙蝠。一粒散落在山河之间的院子，幼小的我一个人站在院子宽大的公共屋檐下，站在黑夜深处，惊慌无助，被那些飞翔的声音抓住，在屋顶乱撞。高大的父亲从一豆灯火的屋子里走出来，拉着我的手，说，那是蝙蝠，很多住在石崖下，爱夜晚活动，所以又叫岩老鼠。它们是顺风耳，在夜里飞翔不靠眼睛而是靠耳朵来判断障碍物。那个夜晚，打破黑暗的，是蝙蝠的翅膀，是父亲的手，还有父亲充满慈爱的声音和智慧的话语。

我一路跌跌撞撞，在布满了荆棘与鲜花的群山之间，寻找着向阳的山坡。而总是迷失于四面八方的鸟鸣与不远处的花朵。精疲力竭，落日已薄，依然失落在不辨西东的山中。"欲穷千里目，更上一层楼"，只有登上最高峰，才能见到世之奇伟、瑰丽，才能看到明天太阳升起的地方。"有志矣，不随以止也，然力不足者，亦不能至也。"年少的时候，没有目标；中年的时候，没有了壮志；年老的时候，恐于没有力气。这一生，如山间杂草，随遇而生，随遇而亡。

纵然有滴水穿石的寓言，纵然有业精于勤荒于嬉、行成于思毁于随的教诲，没有用心一矣的蚯蚓精神，又如何？

心为形役

天空被雾霾侵占，朦胧中透出几分妖气。

划破黑夜的，是大地上一盏又一盏亮起来的灯。而真正的光明，是天空东方的彩霞，以及彩霞之后洒满人间的阳光。

再次走过这间小屋，阳光依旧明亮，角落里甚至还有一辆轮椅。我不停地走过来走过去，仿佛自己就可以走进那束光，仿佛就可以看见，一个魁梧的身影开着轮椅从光里走出来。

站在那束光的这一边，我无法抖落身上的阴影。突然陷入一种恐惧。情景可以再现，而人生却不会再来。脆弱的情感，不是被相似的过往粉碎，就是被期望的破灭击溃。

而真正令我无法摆脱的恐惧，是天命之年后，失去了大山，走不进那束光，在俗世的泥潭里，盲目地挣扎。

我听见耳旁回响着亲切的声音：悟已往之不谏，知来者之可追。而我，该向哪里追？

滴水穿石

久走夜路必遇鬼。

这个世上是没有鬼的，总是挑战极限，一定会走上不归路。

而对未知的恐惧与回避，并不会佑护一个人。并不是每一朵鲜花都来得及开放，也不是每一朵鲜花都能够自然凋零。

望见太阳，但是望不见长安。锋镝余生，不废弦歌；诗书在手，信马由缰。终不敌荒草萋萋，大江东去。一个追风少年，奔跑、高蹈，消失在原野尽头。

磐石难觅，屋檐已逝。世间的风景变幻莫测，而人性的传承有迹可循，无论善恶，无论美丑。虽号稼轩，疾呼"杀贼"！风月轩里无风月，家祭那堪言晚节。风何处，古树尚倾与一侧，落花岂能明白。

故圣天子曰：水能载舟，亦能覆舟。

跋：生活需要美好的诗意

喜欢这样一个故事：

唐朝有一位叫李涉的诗人，一天他乘船去九江看他的弟弟李渤，船行至浣口，一群强盗拿着刀和棍棒大喊抢劫。船上的人都在睡梦中被惊醒，一个一个地被强盗拿着刀逼着走出了船舱。强盗头领看到船上的人无不恐慌战栗，唯独李涉未哭泣并乞求一声，真的是腹有诗书气自华吧，强盗头领见他气质非凡，钦佩之情油然而生，便问李涉是谁。船夫回答："是李博士。"强盗欣喜万分地说："原来是李博士，久仰久仰。你的诗名满天下，没想到能在这里见面，只求赐诗一首足矣。"

李涉听到后，为强盗知道他的名字而高兴。于是即兴创作了《井栏砂宿遇夜客》："暮雨潇潇江上村，绿林豪客夜知闻。他时不用逃姓名，世上如今半是君。"

李涉的这首诗写得幽默，他不说被抢劫了，而是说遇到了绿林英雄。强盗看了这首诗后就高兴了，强盗当即送了许多金银财物给李涉，船上的人们也因此避免了被抢劫。

这个故事从某种程度上反映了诗歌的发展原因、作用与意义。诗歌的繁盛与社会大背景密切相关。从这首诗也可以看出，文学创作需要大环境，对诗歌的热爱在唐代社会十分盛行，即使是强盗，与金钱相比也更喜欢诗歌，古代诗歌在大唐达到顶峰并非没有道理。中国作为诗歌大国，这些年的经典诵读基本上都是对诗歌的诵读。大部分家长教孩子最早的背诵基本上都是唐诗。国家现在提倡书香社会，全民阅读，在一定程度上，对当代诗人也是一种催生与鼓励。当前复杂而多元化的社会，培育了不同的诗歌表达方式，形成了众多的诗歌流派。

诗歌需要反映社会现实，反映诗人对社会的认知与评判。这首诗在某种程度上讽刺了当时的社会现实。"他时不用逃姓名，世上如今半是君。"这句诗中隐含的意思是老百姓需要逃姓名，当时的大唐社会阶级矛盾激化，所谓的绿林好汉很多。无病呻吟的诗歌、风花雪月的诗歌只是文字上的游戏。诗人需要对生活的时代负责，需要有正确的是非判断，需要为自己的内心代言。溢美之词可能会为自己眼前的苟且带来好处，但是，永远也不可能登上文学与艺术的殿堂，顶多成为一个无法考证的传说。

诗歌所反映的社会现实不一定准确，但诗歌对读者的影响力却是巨大的。尽管这首诗在特定的条件下，对强盗的抢劫行为进行了曲意美化，正是这种夸张似的结局，说明了诗人的三观在某种程度上对他人的影响力。强盗在诗歌中所感受到的，自己就是绿林好汉，因此，不能打劫平民百姓，要尊重有文化的人，所以，他们放过了这一船人，甚至还拿出自己的钱财赠送给诗人。所以，凡是发表和公开的诗歌，就不再是个人思想的记录，而是一种思想一种观点的传播。诗人不仅要对自己的诗歌语言艺术负责，更要对自己的思想观点负责。

生活可能不美好，但诗歌会给生活以美好。没有人愿意流离失所，也没有人愿意落草为寇。这个故事的真实性已经不重要，它打动我的，是强盗对诗歌的喜爱，他们得到一首诗可以舍财，说明他们内心深处依然有对美好的渴求；是诗人的从容，一介文人，在夜半被打劫，却能淡定地写出一首幽默而富有文采的诗歌来，说明诗歌确实造就了他腹有诗书气自华。

但是，现代人每天忙着上班养家赚钱糊口，有些人因为衣食住行而不再对诗歌抱有兴趣，认为诗歌是无用的。经常会有人奇怪，问我为什么会写诗。是的，在如今，诗歌换不来柴米油盐，诗歌甚至让人误解诗人与社会的格格不入。而诗歌，于我来说，凝聚着我对世界、对社会、对人生、对亲情等的情感，是我与这个世界相处的交流方式。我希望与这个世界和谐、美好地相处，所以，我会尽量让我的诗歌真实地反映现实，也真实而美好地反映我自己，进而，让人们在诗歌中感受诗歌的美好、生活的美好。